早安，首善街

柏相◎著

黄河出版传媒集团
宁夏人民出版社

图书在版编目（CIP）数据

早安，首善街／柏相著. 一银川：宁夏人民出版社，2016.11
ISBN 978-7-227-06513-5

Ⅰ. ①早… Ⅱ. ①柏… Ⅲ. ①诗集—中国—当代
Ⅳ. ①I227

中国版本图书馆CIP数据核字（2016）第273377号

早安，首善街　柏相　著

责任编辑　陈　浪
装帧设计　朱振涛
责任印制　肖　艳

黄河出版传媒集团
宁夏人民出版社　出版发行

出 版 人　王杨宝
地　　址　宁夏银川市北京东路139号出版大厦（750001）
网　　址　http://www.nxpph.com　http://www.yrpubm.com
网上书店　http://shop126547358.taobao.com　http://www.hh-book.com
电子信箱　nxrmcbs@126.com　renminshe@yrpubm.com
邮购电话　0951-5019391　5052104
经　　销　全国新华书店
印刷装订　宝鸡日报印务有限公司
印刷委托书号　（宁）0003363

开本　889 mm × 1194 mm　1/32
印张　7　字数　167千字
版次　2017年1月第1版
印次　2017年1月第1次印刷
书号　ISBN 978-7-227-06513-5/I · 1708

定价　30.00元

序一

谁是那个提灯的人

温经天

写诗、读诗十余年，我深切体悟汉语诗歌发展历程中的疾患在于两个方面：语言本身和时代视野。从语言角度讲，古典语词的式微源于时代特征的变迁，白话文字的杂糅时刻扭曲于网络语言的泛滥，学院派用词弄句的异化又受制于西方现代诗歌翻译体的影响。汉语诗歌该往哪里去？路径繁多，高下难论。

在我看来，无论怎样，都不会有轻松的捷径可走，除了技艺的自我磨砺，更重要的是内心的修炼。后现代社会特征是去中心的，破碎化的，无明确指向的，这样的特征是对艺术审美思想的整体异动，却不一定是个体写作的唯一取向。因为一个个体写作者，尤其是一个诗人，对于汉语的热爱和取舍，理应是情理互生的。面对纷乱的时代，视野再怎么辽阔，也可能是一叶障目，无法完全涵盖这个时代的全貌，全貌是动态变化的，唯一不变的是人的认知、姿态和品格。这也恰恰是现代诗歌需要继续前行的动力之核。

因而，语言本身从属于一个诗人的操守本质，时代视野取材于一个诗人的精神品格。这样写诗，可靠、可信、可感、可近。生于时代，又因个体写作的超然属性而出离于时代；源于生活，又自个体写作的独立视野而高于生活。我所认识的诗人柏相就是这样的一个范例。

柏相写诗很早，自 1990 年代起就开始了。那时的柏相在北京师范大学作家班进修，他的诗作在著名诗歌刊物上发表过、于知名编辑的诗选本里入选过，也获过奖，结过合集。随后由于对当时国内人文环境的失望、个人对现代诗歌的理解，以及生命轨迹的变化等因素，柏相暂别现代诗写作。这一别就是十多年。到了2012年，生活安定下来的柏相在友人的激发下二度涉入文坛，可称之为现代诗的“归来者”之一。他先是在论坛上参与文化话题的讨论，其文登顶天涯论坛头条，后开通新浪博客，遍阅网络诗歌，评诗论句，明辨精义，力作颇多，影响广泛。如今，适逢新媒体时代，柏相的新作源源不断，无论是作品数量还是文本质量，都达到了他前所未有的高峰状态。

现在，柏相把他自己2012年至今的诸多“归来之作”结集，命名为《早安，首善街》，诗集共分四辑：“眉城书”“祷祝赋”“仰望笺”“苍茫铭”，分别从生命个体、地理风物、血脉亲情和理想负重等多个视角抒写人性的持守、生命的体温和信仰的大我。读来至情至性，可谓二十年磨一剑的纯度抒情诗典范。

之所以这样说，是由于柏相相当注重语词的准确，句式的谐和，诗意的畅达，音乐性鲜明，感染力突出，这让读者容易进入他所营造的诗境。而在超脱词语之外，柏相揉捏词与物的内嵌关联，其契合度较高，与生活的在场关系较强。显然，这源于他对自我诗性历史的梳理和重塑，即：不拘泥小我，道众生忧患；不排斥日常场景，却生发绵延的光阴脉络；个体感知与无奇世界的有机叙述，或纵或横，借助词句的跳跃和舒展，展开一卷卷淡泊的平民生活画卷。大提琴曲式的娓娓叙事，充满浓郁的怀旧味道，使得这些诗作可以歌，亦可默然回味。

“眉城书”里的孤独和思念，记叙温暖可亲，质感生动。眉坞的自然风貌真切、美好，仿佛是孤独的柏相唯一值得倾诉的朋友，独自歌唱俗世的辽阔。佳作如低到尘埃的《地衣与你》、坚守执着的《首善街》、接通古今的《眉坞城》等，令人感触良多。

在“祷祝赋”里，肃穆觉醒的《大雪词：暗伤》、大我担当的《秋风辞》、意象多元的《玻璃茧》都是我钟爱的作品。由此可见，柏相注重刻画生活的艰辛与亲情的分割造成的地理和心理的伤痛，无论是爱人系列诗的浓情蜜意，节气系列诗的移情开解，他均能借以达到自我的心灵治愈，隐忍而坦然。个中滋味不可说尽。打个比方，仿佛你无意睹见青丝间蹿出的一丛华发，只需镜子前的你静静感念。

而让酸苦回甘，教寂寞回暖是不容易做到的事。如果说在前两辑中柏相是在俯身探看生存周边的物事，像一个阴柔的书生在抵御世界的干枯与变幻，那么在“仰望笺”里，柏相则努力开拓并挖掘了生死离愁的人生况味。从《致凤凰》《盛夏想起雪》《母亲不在》等等风格独特的作品中不难发现，诗人既是光阴的候鸟，又是地域的留鸟，在理想破茧以前，他要做的不是沉睡，不是简单的孕育，而竟然是：撕茧。这样的命运是写作无法抵消的，但写作与命运是可以同行的，他更像一个提灯的勇士，直面消逝和变迁。

那个在日升月落的首善街
能嗅出善良腐味的
提灯的人
睁眼，即黑夜；闭眼，即白昼

那个在寒风凛冽的冬日
能听见被大地囚禁的百花呐喊声音的
提灯的男人
被弃，即旋升；被爱，即堕落

一路走来，那个不愿意把花白的发

染得乌黑铮亮假装年轻的
提灯的老男人
热闹，即凋谢；孤独，即怒放

（《提灯的人》）

——我诧异于这样的深刻，不单单是疼痛和撕裂，也震颤于这样的深刻，非词语本身可以达成。“首善”本是一条生存的街道，但又寓意更多的指涉，比如忠孝，比如仁爱，比如智勇，比如慈悲等等。年华让渡给生命的沉淀其实形成的是一种价值观。这样的“首善”需要一个提灯人去点亮，去驻守，去照料生命里每一个自我和亲人，甚至兄弟。这也正是诗歌恒久的承载与使命。

兄弟：最重要的
不是我们正身置何方
而是我们，将迁往何处

（《兄弟来信》）

这是第四辑“苍茫铭”里令我印象深刻的句子。可以看出，柏相在经历了前三辑的驻守、行走和安顿，终于开启了迁徙之旅。这里的“迁徙”或许不属于地理位移的概念，或许更应理解为一种精神式的漫游。每个颠沛流离的兄弟正是每个“我”组成的“我们”，寻找面向未来也面向过往。在诗歌里追溯，但不沉湎，这是柏相一贯的写作基准。《捡垃圾的人》里的悲愤、《杀死我》里的偏执、《筑路的父亲》里的家国情怀，让我读到了柏相对诗歌选题强有力的把控，也展现了更多的诗思的可能性。

这部诗集佳篇众多，共鸣良多，恕无法一一解读。但最后，我想向各位读者重点推介一下柏相的小组诗——《给爱人的悄悄话》《阳光下，我为你写诗》《素锦》《清明节手记：世界静好》。这四组诗在我读来分量很重，内容通透，节节递进，令人深陷。这样的体例较之系列诗更让我青睐。它们写出了诗人对生活的深情，也使诗人对未来的托付得以圆满；意切切，情深深，充满繁复的细节和不变的信念，相信可以击中大多数人的心。

诗写当下，诗寓未来。一个擅于平衡、控制，又不失节奏和体温的歌唱者注定是认真的、幸福的。他身在地平线双肩负重，却始终保有向上的姿态，就像一个生活在你身边却不为你见的提灯的人，亲和，却隐秘，他用诗句纾解人生的黯淡，也用诗句拓宽精神的孤旅。

——这就是他获得的自由，这就是他建设的完整。

（温经天，诗人，70后，河北承德人。著有诗集《致不朽之风赞美诗》《旷世书》两种，曾获热河文学奖、金迪诗歌奖等。）

序二

生活不止眼前，还有诗和远方

张文利

书桌上摊着一叠诗稿。

记不清有多久没有认真读过现代诗了。所幸，我还记得曾经读诗的时光。

我是上世纪80年代中期入的大学。那是诗歌的黄金岁月。毫不夸张地说，那个时候的中文系大学生，一谈诗就神采飞扬，两眼放光，诸如《诗刊》《星星》《诗选刊》等诗歌的专门刊物非常受追捧。个别痴迷者，会从牙缝里省出钱，偶尔购买一期两期，宝贝似的珍藏起来。大多数的穷学生，则选择去图书馆阅读。一定要早去，迟了，肯定会被别人抢先捧读。陕西师大图书馆的现刊阅览室里的几种诗刊，总是皱巴巴的，因为诗歌发烧友实在太多。那是一个属于诗的年代。

不知道从什么时候起，诗歌不再受追捧，甚至不再受关注。我本人渐渐地也不再阅读现代诗，因为我选择从事了一个涉古的专业，更多的精力放在了古诗方面。但明显觉得，不涉古的人，也不怎么读诗了。以后，对于现代诗，我只是偶尔浏览过一些，几乎没有专门阅读过整本的诗集。

所以，乍面对柏相的诗稿，我有点怀疑自己是否有耐心读完。

翻开卷首，看到这么几句："让他们在故土最寒冷的时候，去别人家春天的筵席上分一杯残羹吧，我们要告诉我们的雏，骨要腐烂在自己的国。"瞬间，我有了感动。仿佛内心里坚守的某种东西得到共鸣，尘封的某种记忆被突然唤醒。于是，我一首一首读下去，竟然很快读完了整本诗稿。

掩卷沉思，首先是感慨。无疑，柏相是个勤奋的诗人。他在不算长的数年间，完成了这么一部厚厚的诗稿，用力不可谓不勤。我注意了一下写作时间，他几乎天天在创作，有时一天数首。这是一位把诗歌当作日常的诗人。这样的人，在当下，即便不算稀缺资源，至少也是小众。在我们这个速食的时代，人人都像高速旋转的陀螺，忙忙碌碌，身不由己。没有时间欣赏鸟语花香，没有精力关注他人，甚至没有时间面对自我内心。诗歌在这样的时代，显然是奢侈品。而柏相在写诗，并且坚持不懈。仅从这一点上讲，他比我们大多数人活得纯粹，活得真实，活得令人羡慕。

其次是感动。柏相的诗，大多写的是普普通通的日常生活以及生活中平平凡凡的人物。父母、兄弟姐妹、爱人、女儿、朋友、同事、学生、邻人、素不相识的陌路者等等，都在他的诗里留下了画像。春花秋月、夏风冬雪、啾啾鸟鸣、潺潺溪水，也无不映现在他的笔端。更不用说渭水平原、眉坞、首善街。柏相一遍又一遍的吟哦它们，为它们写下一首又一首深情的恋歌。偶尔，他会有幽怨，但你能读出那幽怨正是因为他对它们爱得深沉。因为，这就是柏相的国，是他愿意把骨腐烂在这里的地方。

当然，感慨、感动之余，也略有遗憾。柏相是个老实人。在我的家乡渭北平原上，我的父兄亲朋，都是这样的老实人，淳朴而真诚。他们淳朴得像他们耕耘的土地，侍弄的庄稼；他们真诚到恨不得把心掏出来给你，从不设防。而诗歌，应当是轻盈的，是长翅膀的，是要翱翔在我们的心空的。所以，诗人要让诗能飞起来。柏相的有些诗句过于黏滞，不够轻盈。柏相要努力给他的诗句“减负”。不即不离，不枝不蔓，蓝田日暖，水月镜花，方为诗的高境。不知柏相以为然否？

拜读这部诗稿前，柏相是谁，我并不认识。把柏相诗稿转给我的，是我三十多年前的同班同学、我的老朋友杨君。我以为，真正的老同学老朋友，就是那种平素并不过多往来，但你需要他的时候,他一定就在那里等着你召唤。杨君于我而言，就是这样的老同学老朋友。柏相是杨君的同事,是杨君的朋友，我又拜读了他的诗稿，所以觉得似乎和柏相也熟识亲切了。

读柏相的诗，让我想到了当下很流行的一句话：生活不止眼前和苟且，还有诗和远方。柏相和他的诗，向我证实了这句话，我应当感谢柏相，感谢柏相的诗。

（张文利，博士，西北大学文学院教授，博士生导师，中文系主任。）

目　录

第二辑　祷祝赋

总跋

第一辑

眉城书

夏日：致爱人

爱人啊，是时候了！就定居在这眉坞。
把你的担心埋在太白山下，
让桃花蹚过渭水。

让张载广场的鸟鸣四季清脆，
再让浅夜听一会儿音乐，
诱惑她们，祈愿北斗。

谁这时还不安静，就不必奉劝，
谁这时安宁，就永远安宁，
让我们就起居在这亚洲和古陈仓的东边，
赏荷，采莓，看蒹葭苍苍，
品参差荇菜。

2014.4.17

眉坞的迎春花开了

眉坞的迎春花开了，开在秦岭北麓
开在渭水南岸，开在骑着瘦驴的张载
至今仍在遥望渭水的迷狐岭

这是一个盛世的清晨，在我的面前
不见莺歌燕舞，只见河柳依依
大片大片的绿正在醒来

这一刻，正是这一刻。冬天正在死去
风从飘摇的东汉末年吹来。我必须
在关雎声声里，在河之洲
给自己和持韧了一个冬天的良善
沐浴

2014.3.26

大雪覆盖了首善街

爱人，这雪花覆盖的首善街干净不干净
这覆盖首善街的雪花洁白不洁白
那车辙深不深，那笛音美不美
那五道巷的居民楼里，有没有你想要的
幽兰谷，小荷潭
和梅兄竹妹

爱人啊，最值得珍惜的一切，其实
都在这白雪覆盖的首善街
与其继续异乡跋涉，不如就在这故乡的首善街
守卫这首善
阳光洒在大地上的金色我珍藏了三千
你要阳光，我给你晴天
你想看雨，我给你撑伞
捋风衣

2014.3.3

首善街的雪

雪花知道我，把梨花思念了一个冬天。
一夜之间，让我又一次感觉到了
这个世界原来还可以继续如此洁白。
那清脆的鸟鸣多像春天的请柬
看来我要重新梳洗，最起码要刮刮胡子
才有资格去参加，百花的盛宴

2014.2.11

首善街

就是这里了，就在这首善街
听雨打渭水，看风吹终南
这里有一种临终送葬才用的吹管叫唢呐
我最喜欢那八个孔眼里低沉或高亢的海笛音

就这样头倚终南，把脚浸泡在渭水里
看春天的燕、夏天的荷
秋天的玉米和冬天的小麦。就这样
看着大棚里四季常鲜的蔬菜，听秦人吼秦腔
端着粗瓷大碗，数千年的英雄或野兽
是那碗里的醋、盐和辣椒面

在这里，在眉坞，在首善街
我不会再想着自己是一个过客，像一片枯叶
我不会再重复那些以前本可以不重复的日子
我必须学会羊的沉默，像一座山的岩

这里的白天和黑夜，有
明确的界限。我剩下来的流年
我可以容忍它羸弱蹒跚，但绝不可以容忍它不良善
就像祖母的脸，岁月可以丑化它的轮廓和纹脉
却剥夺不了它的持韧和尊严

就是这里了，就在这首善街

任凭雨打风吹，就守着这首善
这里冬天过后有春天。这里还有我的一个朋友
距此三十里，他经常抚琴的地方，名曰槐园

2014.3.13

一个人的眉坞

在眉坞，在眉坞的首善街
我不是那棵道旁树
我，是一个人

一个人数星星
一个人看北斗
一个人和经过的风交谈

在眉坞，在首善街的西门口
我不是那方昼夜变幻的广告牌
我是，一个人

一个人和大山对坐
一个人和大河对饮
一个人和字迹模糊的石碑说话

在眉坞，在首善街，在西门口的那所学校
我不是那尊每天都仰望天空的雕塑
我是一个，人

一个等远方的朋友的人
一个念河对岸的父母和妻的人
一个想远在西安上学的女儿的人

十二年了，在眉坞，我一直是一个人
一个人默看陕西的花开花谢
一个人静听世界的云卷云舒

2013.11.13

给爱人的悄悄话

1

还没来得及好好爱你，
你就有白头发了。

还没来得及好好陪你哭，
你就说你不痛了。

还没来得及为你买护肤品，
你就说你已经不需要了。

还没来得及和你去看海，
你就说你已经很知足了。

2

还没打算追你的时候，
最喜欢看你回眸。

还没打算和你结婚的时候，
最喜欢看你脸红。

还没打算和你生小孩的时候，

最喜欢和你说明天。

还没打算给你买羽绒服的时候，
冬，走到了我的跟前。

3

你说你想起了做姑娘的日子了，
我知道你是和我一起走着累了。

你说你想起渭河边那棵树了，
我知道你在思念我的岳父了。

你说你不在乎天阴或者是天晴了，
我知道你是在告诉我应该淡定了。

你说你清晨看了西安的天气预报了，
我知道你是在为我们的女儿担心了。

4

你在动物园里看到的不是老虎，
真正的老虎，在大山里。

如果你的房间让你感到空虚，
请用你喜欢的音乐，把它填满。

树不愿意跟你走，
你就坐下来，陪树。

冬天的河流瘦得让人担心，
不过，桃花一开，它们一定会胖起来。

5

好多事情不是因为你没有努力，
而是因为，你无能为力。

做错事情不丢人，
可怕的是让后悔成为一种习惯。

别人给你设置陷阱是别人的事，
你不要总认为那是因为你不够聪明。

不要总埋怨你太过良善，
因为那是，我的春天。

6

这个礼拜天我们不去教堂了，
我们一起去看枫树和枫叶。

这个冬天你就不要一想起我的岳父就哭了，
天堂里，一定很温暖。

明年，我说的是明天，
黑夜和白昼肯定还会平分秋色。

我岳母居住的村庄虽然没有路灯，
但很多时候的清晨，阳光总是会，准时醒来。

7

不要拨弄往事的旧疮
我怕你疼

不管别人在自己的心田上改种什么
我们只坚持种植宽忍和良善

让大雁经过你那里去南方吧
让我的忧伤继续靠着那座大山吧

怕什么，像关中往年的冬天一样
雪花，还有腊梅，都在路上

8

未来，像远方一样苍茫
我们只能把女儿，先暂时寄放在西安

你继续教渭水两岸的孩子们扎稻草人吧
我先沿着渭水，去看看鸟鼠山

我只能答应送给你，我所有的今天
我只能答应送给你，那漫天的星斗

我不会，距你太远

最多只是独坐在，黄昏的封面

9

你在马家镇
我在首善街

你想我的时候
我有可能在读李白

突然间我非常想念在西安读大学的女儿了
不知道有没有一个男孩像我想你一样想她

突然间，十分欣慰
突然间，也十分害怕

2013.11.11

身世（组诗）

圆梦

不用着急！一切

顺其自然。
肯定有你栖居灵魂的地方。

何必这样悲伤？
你抬头看：
董卓权倾天下，肥得流油，
却被点了天灯。

那被董卓蹂躏过的眉坞。
在冷雨清洗之后，
多么空阔。

蓝绵羊

命运总喜欢捉弄你。
它其实也喜欢捉弄苏轼，
它也曾捉弄过孔丘。
陶渊明负气而走，
带走了所有的菊花和南山。

这世上没有蓝绵羊。
我在关山见到的都是白的。
它们都在蓝天下，听黑石头唱歌。

被探望的花

眉坞的野草花，
一辈子都在学习欣欣向荣。
可是，起风了，
天冷了，
它们同样没有了可以取暖的家。

我是一个正在努力走向墓地的人。
一辈子渴望大理石墓碑。
经过城市的时候，
万家灯火，同样温暖不了我，
我唯有点燃冰冷取暖。

非诚勿扰

哦，混战模式。
旷野已进入混战模式。

他在奋力厮杀。
她在疯狂喊叫。
他们和她们在相互攻打。
我就愿意被这样遗忘，我在搭讪篝火。
请非诚勿扰。

呓语

雪，开花的时候，
请到眉坞来。眉坞有迷狐岭、红河谷、
有九孔莲、手儿参、古太酒。
眉坞还有葫芦峪和石头河水库，
水库里的鱼，特别嫩鲜。

你信我吗？
我的伤口比你的长几个世纪。
杜甫在浣花溪写诗的时候，
我就在等待轮回。

扔掉你所有的裹尸布，
到眉坞来吧。我还珍藏着，一座青山。

自我消融

在眉坞的首善街上，
我用风洗脸。用落叶洗脚。
听无名雀鸟，如泣如诉的吆喝。

对于世界这口大锅，
我早就习惯了被烹煮。
我默念着避火咒，
祝福尖屋顶的教堂，
也祝福四角翘起的城隍庙。

西北风又在黄土高原走来走去。
又在装模作样地打扫着首善街的街道。
我祝福着那，为伊消得人憔悴的渭河。

胭脂凉

再过七天就要立冬了。
哦，立冬。
我仿佛看见貂蝉正在眉坞，
仍衣衫正单，为董卓独舞。

暮秋的雨跌倒在眉坞的旷野上。
快就要秃顶了的树站在渭水之涘一动不动。
一如当年，
心如刀割却满脸陪笑的吕布。

蒹葭苍苍，胭脂正凉。
貂蝉，还在史书里独舞。汉献帝，
还在长安，偷偷地哭。

入殓

我给父母定制了两口棺材。
松木的。
不知道松树会怎么想。
父母挺高兴。
我胸腔一阵酸楚。
却只能在心里刮起狂风。

父亲还微笑着躺了进去，
说是挺合适。
他叮嘱我他将来入殓的时候，
不要只记得哭。一定要
把他放正，放得看起来舒坦或者从容，
并封好棺口。

逃之夭夭

桃花，三月就逃走了，
只留下了我，彳亍在眉坞。

现在，莲也要逃走。
渭水嚷嚷着要以冰的形式站起来。
大部分绿打算撤退，
我决定留下来，
等候雪花和腊梅。

地衣与你

身世如此，
你父亲不是打下天下的人。

你父亲也没有矿山。
只会自己给自己或别人劳作。
不会谄媚。
从未想到过要去看看雪原或者海。

你是穷人的女儿。

你是一个窘迫男子的妻。

你叫苔藓。
抑或叫地衣。

在最低处的阴暗和潮湿里讨生活。
或者铺在地上，
增加别人的威仪。

2013.10.31

途中

寻觅一日三餐，忙得不如一头猪
母亲在渭水北岸病着，我在渭水南岸游走
往高处走是所有人的理想，我的高处是一群死人

没有一座城市能令我动容。流水一样的人们
一路向东，吃光青春，也吃光流年和所谓的命
我贪恋的那棵竹隐没在远处，鹰在匍匐

股票期货和楼群，泡沫一样坍塌或飙升
寻觅或随波逐流的途中，我丢失着
所有的朋友，还有所有的信任

梦中翠绿的幽谷，少年时向往的琼宇
关于信念或理想的一切都无法持有，孤独在途中
哭泣在途中，为何关于善良的那一切都被绞杀在途中

凤凰已多年只凝固在图腾，而蛟龙只盘踞在石柱
长相没有变化，追求没有变化，穿着打扮只变化了的
人们，我和他们一起，不留下任何脚印

2013.8.23

凤凰

桐花告诉我你肯定来过
练实无踪时醴泉已干涸
你涅槃而不重生，只留下天空，只装饰梦
思念在我的十二指肠，千年后姹紫嫣红
我披向你的万绿正尘土飞扬

因多次受伤而开始沉默
我经过的地方都供奉你的肖像
暗光散尽定会泻出明光
于群星的背后，你继续等待
更加确定这季节绝不是适合你凝视的毫末

浅睡。不急于振翅，继续让大浪淘沙
浅睡。不急于翱翔，继续在内心烧荒
楼群在霓虹灯的繁华里蔓延
靓女俊男正斗志昂扬。大纛继续飘扬
挥霍理想和信念，一切都还在鼓噪着！

你绰约的风姿曾倾倒流年
你带走的好种正挑选春天
我爱你涅槃时的霞光，想你重生时的斜彩
在眉坞米麦式微的田野，悉心照料我的莲

2013.8.21

爱人书·小坐

前世是自欺
而来世，是虚妄
携手今生，忧欢与共，才最真实
你我皆是鱼，是虾
龙和凤的生活是别人家的事情

我小坐在这座名为眉坞的小镇
教书，喝茶，看时光反复琢磨四季这轴大画
那些你认为应该远离的人
我一直在远离
那些你认为应该去却还没有去的山谷或潭水
我一直念念不忘

此生，你我交割爱、隐忍痛
尽力温暖那些我们力所能及的亲们
你想做的那些事情，你想说的那些话
也一直是我想做和想说的。你暂且倚在我的肩上
做不完就做不完吧，说不完就说不完吧
我们小坐

2013.7.18

眉坞的蝉鸣

喝茶，想你
想小桥流水的孤独
这就是我在眉坞首善街的生活

但这不是全部
我还会想努力活着或无奈死去的朋友
想你用过或还没出售的商品

想驾车的感觉还是不如骑马
想过去的路上留下的那么多泥泞
想风吹，想雨打
想我们这个如此多难的民族和国家

当然也有什么都不想的时候
我想我也许会做一个梦
我梦中的那片槐树林——
没有塔吊和砍伐声，只有蝉鸣

2013.6.19

眉坞的午后

你想象他的样子可媲美某座雕塑
因此早晨离开眉坞后
在你房间弥漫的不仅有空气还有浮尘

渭河要宽阔如从前已无可能，而我
也不是一个喜欢怀旧的人——
世界的每个角落都实现了即时传送
我脚下的已不是大地，而是圆球

对黑已毫无感触。日子只是变换背景
与喜欢捉弄蝉鸣的光线单调已久
你与盛满往事的杯沿，想念青春
我与未来已悄悄谈妥。并交出了无用的弓
有一种新生活是沉溺网络。网络不是虚构
是对现世的另一种折射和找寻……

当又一封广告短信充满希望地将你骚扰
你对手机是否充满了厌弃
你是否觉得没有即时通讯的远古社会
特别的美——
绝望不易滋生，真正地在享受着所有的过程
思念那么容易长肥，绿得流油

2013.6.17

眉坞的大河

又一次，朝阳升起
鸟鸣如木鱼，敲响你的胃
领导脸色阴沉，赶紧出工；要不
你做鱿鱼，他做豆萁

承平日久的时代
再次莅临，寒鸦称王
操练点名。又一次，大小事件重复
难为了楠木狼毫

从清晨到黄昏，水草不丰茂
衣食富足，无忧
说和想吃穿以外的事情多么愚蠢
沉默日渐流行，大河心知肚明

如果尊严和后怕不是你我之事，悲伤
就不会再次上路。当又一次指鹿为马的活剧
正在演出，你是应该慷慨赴死
还是，应该捧上鲜花和掌声？

万物皆草木，草木皆兵
我只是一条思念苍苍蒹葭的河鱼。河床
龟裂时，呈瘦骨于沙土

2013.6.17

眉坞的槐树

我不是你认为的那个干干净净的人
在你的世界里，爱情意味着衣食无忧而非一起承受
职场意味着看报喝茶而非流汗付出。我
只是一个普通的正常人，灯红酒绿
使我渐失平衡。我努力将自己一次次扶正
我只渴望自己内心深处的安全感——通过这人间没有衣食危险
权位无用。名利一场空。只有尊严地活着才最幸福
你是否觉得我是一个只适合隐逸的人？
独钓寒江雪，孤舟蓑笠翁，或身着兽皮
手执弓箭，采草籽于密林？这世界越来越拥挤
那种生活已格外奢侈
我只能住在你的头顶，你的头顶也不能没有别人家的尿布
哪有不喂饲料的猪？自然长成的蔬菜日渐消失，别的星球不宜居住
就连上帝都无人相信，草原沙漠早已不再陌生
海底里的石头，都即将被粉身碎骨，被机械怪兽征用
我并非你们所认为的不合时宜的人，享受着
科技，文明，进步——
却身在福中，而不知福
你们恨眉坞的老街和耕牛，我想念眉坞的槐树

2013.6.16

早安，首善街

母亲为瘦弟弟拣韭菜。瘦弟弟的哥哥抽烟
用目光打扫首善街，渭水北岸。如果有下辈子
瘦弟弟的哥哥，只奢望把这辈子的悲欢重温一遍
重新爱一回，那个叫霞的女子
重新爱一回，那个叫上宋的小村
重新爱一回，这渭水挑在肩上的西安和宝鸡

下岗的妹妹仰望在三原县。抽烟的哥哥
仰望在首善街。瘦弟弟在榆林修汽车
女儿、侄子、侄女、外甥，都仰望在校园
人世是一架旧钢琴，日子是黑白相间的琴键
允许他们弹奏、祈愿、欢笑或哭泣
母亲守卫老屋，父亲守卫原野

早安，首善街！阳光倾泻不息
每一片落叶或落雨的傍晚
都值得珍存心底
这一生同样只有三天，能紧紧抓住的
同样唯有这瘦瘦的今天
早安，这清晨；早安，这鸟鸣
早安，这内心的持韧；早安，这首善街

2013.5.2

在首善街

在首善街，我上班签到
下班签走。远方照旧是远方
天空照旧，会准时扔下一些雪雨

在首善街，春天花开
夏秋叶绿。诸多美好
照旧被寄放在名字里

朋友们照旧沧桑。亲人们
照旧老去。找不到虫子吃的
候鸟，照旧迁徙

在首善街，和其他地方一样
故乡照旧是异地。弱者照旧悲伤
大风刮过，荒芜照旧与我，是零距离

2013.5.23

爱人，不哭

1

我知道你一路跟着我走，很辛苦
可你，能不能不再那么忧心！
摸摸口袋，良心还在
看看渭水两岸，庄稼地还在
我们的两只手还在，村庄和城市还在
那些纯洁的雪，怒放的梅，挺立的松，也还在
你能不能不再那么忧心！
你是知道的，那些舍命的兄弟姐妹还在
那些大刀长矛，步枪小米，斧子镰刀，也还在

2

小寒临近，想起你和我还坚守在一条河的两岸
就连那渭柳也十分欣慰。你一直是那朵池莲
春长叶，夏开华，秋凋零，冬结藕
我一直是那莲心蛙
我早已经习惯了在你的莲根下冬眠
世界一直是这样，盛盛衰衰
我们也要一直这样
持韧，或沉默
这个世界总会在一定的时候吹响集结号

给所有的耕耘，一个清清楚楚的交代！

3

羊群是没有了，牛马也没有了
可草原和斜坡还在，牧羊女和那些蒙古包还在
树还在，路还在，庙宇和教堂的钟声也还在
即便是所有的僧尼们都还俗了
那些佛经还在，木鱼还在
没有谁能逃得脱那最后的审判
那日你哭蒹葭苍苍，哭白露为霜
哭桃之夭夭和灼灼其华
那日其实我也哭了，我只是不想
你在渭水之泗，种那么多颗粒无收的眼泪……

2012.12.19

假如我死去

假如我死去
我希望我的骨灰能被洒落在这左边的渭水
洒落时，渭水里的河鱼最好不在那方水域
我不想我这一生肮脏的肺
污染了它们青山绿水的呼吸

阳光呼唤
春风依旧
虽然我同样地喜欢这里一大朵一大朵的市镇和村庄
还有那一树一宅爱憎分明的鸟鸣

可这里不是我的故乡
我的故乡在渭水下游桥头的不远处
就让我这样以最后的方式
默默抵达，并顺风顺水

2013.3.8

亲爱的

亲爱的，喝下斜阳和北方，我们依然
饥渴。饥渴在
渭水边的眉坞，与崇尚和谐的国

那么多悲伤没有砸倒我们
只砸倒了我们的背影和脚印
那么多的小麦、白米、水果和绿菜
变成了我们身体的一部分，就像
我们的脸、村庄、远方和孩子
变成了世界的一部分

我曾经那么的喜欢音乐，如今依然
那与生俱来的沧桑在暮春里重复，像大风
自遥远的地方追来，摇动：镶嵌我肖像的柴扉

而你，哦我亲爱的，你则骑着黑马
周末准时归来，将酒杯之外的世界斟满
清扫我凌乱了一周的房间
在渭水畔，在我寻找秘钥的花朵中
一夜，又一夜

2013.3.24

重阳节家书

母亲，今天重阳节
我在同一条河的对岸
想你

此刻，我正在首善街
正在一座高楼的最东边的房间
看守着二十九个高中生
答月考题

村庄，洗脚水，距我很远
盛世，阳光明媚，离我最近
我想告诉你
今天我不能回家

——不能陪你打点滴，话桑麻
甚至不忍，给你打一个
我今天不能回家的
电话

2013.10.13

眉坞城

当风从东汉末年吹来的时候
这里，和西晋
有多少区别

把那些公务用车，当成八抬大轿
把那些四轮车或二轮车，当成马或者驴
把那些列车、汽车和飞机，当成渭河里的船
把铁路、高速公路和天空，当成西周时的渭河
把自己
当成嵇康

把海棠流泪的城关中学
当成打铁铺
把三十里外槐镇的那位姓杨的朋友
当成山涛或阮籍

2014.6.4

独鹰

江山在人类直立行走以前多么娇艳
一只独鹰在沙尘暴之后遭遇雾霾
更多的泪，寄给了大海

在渭水南岸，在首善街。我已无驴子可骑
何用谈瘦。你独啜云天，在江山之外

雁阵不在，唯有你能让我续弦高远
此间有几个人能做到贫贱不能移
此间又有几树练实能喂饱凤凰

你却踉踉跄跄，污点一样盘旋！你捣喙
你撕羽，你让自己的旧爪暴饮献血
而天空的蓝色，亦日渐衰微

可愚妄者仍旧不以为然，亵慢者继续煽惑通城
我要怎样善养我的浩然之气
才能有资格，收割下一个春天？

2014.4.2

望京都

元明清何在？不知
眉坞的首善街，我和我的一帮学生
又遥望京都。京都里有清华园和未名湖
京都里有水立方和中南海

清明正在远去，接着是谷雨
蒲松龄何在？不知
李白的蜀道，杜甫的瘦驴
还荡漾在姜夔廿四桥的波心里

望京都……天安门、地坛、八宝山
要让自己的内心纯澈如草原上的绿云
需要的不仅仅是虔诚，聪颖和简单
更需淡泊，沉默和持韧

怀揣一树鸟鸣
活在眉坞的首善街。初夏的黄昏
总能望见渭水对岸的那一汪池莲
微风中，一只只蜻蜓眷恋在上面

2014.4.1

两个人的首善街

在这里，在首善街
我们多么像两条，离不开世尘的鱼
那池青莲还在，唯独不见了李白

在这里，在首善街
我们多么像两只寄居在别人屋檐下的麻雀
只能用那迟迟未到的春天，告慰自己

在这里，在首善街
我们多么像钢琴上隔一条黑水而相互守望的白键
既是那么地憎恨暗黑，又不得不
常年偎依着暗黑取暖

在这里，在首善街
各种各样的英雄和日子，都已经被重复了数千年
那条渭水还在，唯独不见了，那渡口和打鱼的船

2014.3.3

首善街：致爱人

爱人
我把我们

就种在初夏
种在初夏的首善街

首善街的初夏
有国槐的绿

初夏的首善街
还有槐花的白

爱人，我们就这样
给俗世唱歌

就这样唱歌给
俗世的辽阔

2016.4.6

第二辑

祷祝赋

留给我

把你们下决心要消灭的纸，留给我。我要写信。
把你们下决心要抛弃的真诚、爱情和友谊，
留给我。我要最饱满的颗粒和最纯净的淡水。
把天空的蔚蓝留给我。我要放牧彩虹。

把你们不喜欢的苍老，留给我。我要看见慈祥。
把你们不喜欢的白发、皱纹和蝴蝶斑，
留给我。我要看见沧桑。把你们厌恶的青春痘，
留给我。我要给青春重新开光。

把你们不需要的忧愁，留给我。我要浇灌紫丁香。
把你们不需要的距离、孤独和时间，留给我。
我要自己安静一会儿。请把戈壁的荒芜，
或沙漠的空旷，留给我。我要拜会辽阔和仙人掌。

把你们不能打造成地标性建筑的湿地，
留给我。我要放养中华鲟和黑天鹅。把你们
从来都瞧不起的贫穷、偏僻和眼泪，留给我；
把你们所有的抑郁症留给我。我要给善良沐浴。

把你们打算毁灭的地球，留给我。我要种满池莲。
把你们觉得不值钱的月光、村庄、晚霞和鸟鸣，
留给我。我要接回唐诗。把影响了你们前行速度的
雾，也留给我。我要给日渐肮脏的山水，做招魂的幡。

2013.11.13

麋鹿书

没错，我是麋鹿，动物，
靠青草繁衍的东西。

我还你平原，远山，
太阳的血红，斜月的浅白。

我还你绒毛的温暖
皮革的锃亮，甚至头盖骨的华贵。

——你休想掠走我的灵魂！
——从此你我两不相欠！

我曾经生活过的土地，
现在，你都拿去！

2013.9.6

冬至词：就这样吧

我们这方水土养活不了那些红藕，那些远山
那些清瘦的流水。冬至了，许多颜色都流离失所
爱人，一生中有多少季冬至，就会有多少季春来
我们顺其自然，呵护那些素面朝天的白霜
品味这些循环往复，沏茶款待那些鸟鸣
亲爱的，我们一定要善待人世里颠踬的这些相见

我们为阳光筑巢，吁请那姗姗来迟的黎明
静静眺望，黑夜止步于白昼，凋谢止步于好种
爱人，我们鄙视过土地，还告过土地的密
而且还是以，崇高或拯救的名义
我们就像那四散奔命的喷嚏，被人生厌
我们被命运，扇过耳光；也打肿过，命运的脸

嗯，就这样了，爱人，继续爱一切
化育恨，以一片茶叶的舒展，或者以一株瘦竹的挺立
那些过往的浮云，那些被风撕扯的旗帜
我们任它而去
就这样吧。我们继续和父母兄弟，和那些咸咸淡淡
相互抚慰
我继续将你在这个冬季拥在我羸弱的怀里
你继续攀在我的肩，织你那件蓝色间紫的毛衣

2012.12.18

剑客无剑是我兄弟

1

我只知道我兄弟爱写诗
还知道，他至今，流浪在，安徽巢湖
他似乎真还有一个姐姐
名叫秋若尘

2

我在亚州东部
他也在亚洲东部
我们都在那个被唤作地球的城
这个季节我们都觉着有点冷

3

每次读着被别人称赞不已的好诗
我就想起了我这位兄弟
他总是饮着半壶夜色
端居在汉字百花丛的深处
他总是喜欢把那些方正的汉字称作鹤并与之共舞

4

我知道他深爱着这片叫中国的盛世森林
我知道他的剑，就是那些被他唤作小可爱的刚正汉字
这些天阳光大叔又跑去江苏的苏州为了生计鬼混
那天深夜我约他来秦岭渭水边的长亭里喝酒
他说不醉不归一定一定

2012.12.14

大雪词：暗伤

从深秋走出来，发现觉着很冷的
不止我一个人。那条河，还在对面瘦着
它蹲守的那块平原，同样干瘦着的，还有篱笆和梅朵
知道抽烟治愈不了我的冷或者疼
可每当疼或者冷的时候，总想抽那么一口

大街上，和你一样
我也是一个可有可无的人
就像那些道旁树。说被砍就被砍
那些欢声笑语，都是大户人家的
我不能收割。站在大街中央，我也不能，放歌忧伤
我怕我，被芒刺一样的眼神，砍杀在十字路口

雪是上帝的头皮屑，我只是他的布偶
你用梅兰竹菊的影像装扮自己的房间
只不过是自己安慰自己罢了，我们再也
回不到那帘幽梦里去了，世界早已沦陷多年

喝药，顺着那满屋的药香
听屋外的北风呼呼
能看清的近处，黑瘦的影子黏着你
看不清的窗外，痛着的也许还有七个北斗

今夜，我一定把这朵朵失眠秘密斩首
为你明日的正午，献一扎这个冬天最凄美的花束

2012.12.3

小雪词：信与不信

你说，那些村庄、牛羊、草原和马匹
再也找不回来了，从这山到那岸，从这朵到那片
目光所及，全是广告牌，听觉所触，全是电波
那些马车、驿站、距离和遥远，一夜间
仿佛都再也找不回来了

亲爱的，你别焦急，你别在乎那些过去
试着和这阳光握手，闭上眼睛言和，试着和他接吻
试着在这没有距离的季节，发短信，视频聊天，
　电话拜年
试着把那些街道想象成森林小径，把那些车流，
想象成海滩的贝壳
试着理解叫卖、超市，还有广场喷泉的音乐

你是习惯了淡水的鲶鱼，沧海桑田，得学会聚餐
　水泥的甜点
你是习惯了秸秆烧饭的农女，生活崭新，得忘记炊烟，
　习惯煤气灶
你是走进了大观园的板儿，乱花迷眼，得适应奢华
　与浪费
你是搬进都市居住的雌虎，得习惯日常生活里不用
　扑食和没有大山
亲爱的，一切都变得如此美好，你怎么还不习惯无
　所事事了

回不去了，回去了也是不习惯，哪怕你不在乎
再也找不到油灯、皮影、打麦场、黑白电视，你
不要再那么神情怪异
再也不会有陌生的感觉，一切地方都似曾相识
你要习惯树和草被修剪
再也没有小人书、听故事、社戏、碾盘、童年
　偷豆子、绵绵土止血
再也不会有人逼着你去打猪草，你一定要习惯各
　种补习班

你问我相不相信道路泥泞，我信
你问我相不相信远方崎岖，我信
你问我相不相信有零距离，我信
你问我相不相信我们活着，我信
你问我相不相信遥远——
亲爱的，再有十四天是小雪
你问的那些，我都信！

2012.12.8

立冬词：爱人

晨曦把白光洒了一地就不闻不问了
冬天一声不吭就不紧不慢地来了
爱人，活在渭水对岸，你冷吗

你常说我们是工蚁幸亏不是兵蚁
你说你不希望做那只蚁王
你说，没有经过你同意就不准我老去

爱人，我们不说人生和命运
不说那些大小的树成天被硬土囚禁着
不说渭北平原大街小巷那些渴望的目光

就说，当大雪封路天寒地冻时
我们以哪棵松做伞，为那群
活在南山没有坚果过冬的小松鼠疗伤

2012.12.1

立冬词：乞丐

这些年很少有讨要食物的乞丐
这些年的乞丐都要钱

这些要钱的乞丐有男有女
或苍老，或年幼，或身有不便
这些只要钱不要命的乞丐
或卖艺，或跪着，或黏着死缠

街道是他们的庄稼地或工厂
他们的镰刀叫怜悯，他们
流浪、辗转，啃食着自己的尊严
据说他们中有的是在骗人有的还抱团

骗人就骗人吧，这年头骗人的人还少吗
抱团就抱团吧，只要他们能扛过这个冬天

2012.10.31

立冬词：母子

你一直渴望我是一株好玉米
热爱人世，并颗粒饱满
你一直坚信我是一粒好种子

你一直在春天
把我过冬的棉袄拆洗缝补
你一直担心冬至后我会受冻

我一直坚持要自己过冬
我一直把你的叮咛抛在脑后
我一直是你整个冬天最大的心病

立冬的时节河对岸会起寒风
寒风刮过时你会关节疼痛
关节疼痛中你就会戴上老花镜

戴上老花镜你定会把那旧布浆补
旧布浆补好你定会捏起绣花针
我定会在河这边收到一双情深似海图

2012.10.30

我的眼睛

我的眼睛是我的
我的心也是我的
可我的心
却怎么也不相信我的眼睛

我知道，我的眼睛和我的心
总有一个是对的

在天黑以前
哪怕只是为了能准时入眠
我也必须做出选择

我决定——
要么，你抠出我的眼睛
要么，我抠出我的心

2012.12.29

重阳节写给母亲

我不如你养的那条狗
我不如你侍弄的那一亩三分田
我不如地头那棵沧桑的大槐树

那条狗很听你的话
那片地让你三餐无忧
那棵树为你遮阳挡雨

隔河相望，我恨我没有用
远离你，并曾试图抗拒
还经常让你牵肠挂肚

今天重阳节，部落没放假，眉坞城
正下着小雨，菊花的香味正浓，我想你
想父亲，想那狗，想那地，还有树

2012.10.23

秋风辞

1

说真的，这个一直号称收获的季节
已经没有什么值得我留恋
好多人已经知道不能再指望阳光
霜就要来了，接着是雪
一到十月
我就开始被人嫌弃

你知道的
每到十月底，我就又被人强迫改名
许多人就又开始侮辱性地呼我为寒风

2

其实，我就只是风
无论从哪个大洲大洋吹来都与季节无关
我的冷暖和方向，一直被太阳控制
我渴望走的金光大道一直都未获批准

我是
太阳的顶罪羊
我习惯了背黑锅、莫须有，习惯了

被命名者利用后又被抛弃在被嘲讽的角落
好多人现在不承认我曾经的好
想当年，我被唤作春风遍地吹开花的时候
——你是多么的扬扬得意

3

我现在被唤作秋风，甚至还有时被唤作台风
隔着一个冬天，我眺望着被人们喜欢的那个季节
刮来刮去一直是我的本分
无论被唤作什么名号，我都要对得起内心的命令
春天我吹醒根，夏天我吹醒绿
秋天我吹醒颗粒，冬天我吹走一切枯朽与腥臭
我一直是这样尽职尽责，无论命令我什么
我都不会辜负贬谪我来地球的神

4

我只是风，我的名字几千年来就随季节被改动
宛如人世自古就有一种人
他的名字叫百姓

2012.10.7

爱人，我们不说冷

北雁南飞，颗粒已归仓
天地行不言之教，万物作辞
爱人，我们不说冷

我们准备瓷坛，我们收集莲露
我们为落花和黄叶建冢
我们目送瘦瘦的流水和时光唇印

我们去山谷听那最后的鹿鸣
我们去峰巅拾捡那黑白的鹤羽
我们去板桥再看一眼那晚秋的齿痕

我们甚至也可以呼唤雪
准备为那即将远道而来的北风洗尘
我们甚至还可以给小寒大寒写信

爱人，我们不说冷
我们寄出那信，清扫那点忧伤
把这深秋暮色中的天长地久烹煮

2012.10.6

行走在异乡

叶子才蹒跚到十月
就学会了落荒而逃
我在异乡这么多年
还没学会直立行走

异乡街道有一个角落是我的
异乡的居民楼里有一个姑娘也是我的
异乡的风吹我也吹异乡人

行走在异乡
跟行走在故乡没有什么两样
天空是同一个
我还是原来迎风流泪的我

2012.10.5

玻璃茧（组诗）

玻璃海棠

海棠在秋菊边
他们是秋风碰碎的
碎了一地

我也是被秋风碰碎的
从伊甸园碎到了人间

仰望秋高气爽
海棠碎了一地的红唇不胜秋寒
遥望人海
碎了一地的我祝福冬天

脱节晨光

我是被上帝贬谪的男人
所以我今生注定受苦
白昼黑夜都不得停息

我的幸福就是雕刻痛
我的快乐就是收藏疼

晨光对我而言没有那么多激动
就像另一种苦涩刚刚打开封面

水生水患

浮萍一直渴望冬天
她并不是你想的那样，渴望重生

一世为萍
世世飘零

她最大的梦想就是全世界的水都老去
只有那样，她才能结束这人世之旅
重回生天外那座旧府邸

秋到分时

冬天已经在土壤里蠢蠢欲动
他们知道就快要发芽

秋到分时，冬天开始播种雪
不出意外，雪肯定会按时开花

冬天知道玻璃最牵挂他
才到秋分，就早已支起了画架

无法抵消

我像个囚犯般豢养着胡子

不过，我是个不带镣铐的囚犯
我的牢房是人世

我是天使，我的翅膀却一夜间变成手臂
我有飞翔的习惯，可我不得不放弃
告解不能抵消我伊甸园的原罪

多年以后

多年以后，你已经成长成土
并发芽出了后裔，我还在人世消解我的罪

尽管身边的人不知道我的底细
可他们都认识我
我认识不认识他们没有什么关系
我只知道我暂时还是不能像你一样成长成泥

悬浮秘境

后悔药都被上帝服用
并销毁了药方，懂药方的神都已死去
不仅人世没有后悔药
天堂也一样

你看到的天空其实就是一层旧玻璃
人世就是玻璃茧

赤脚蝴蝶

穿不穿鞋都要飞
不妨赤脚
翅膀比梦想还大
可就是飞不出秋天

孵化，再孵化，总是不能变异
赤脚就赤脚吧，那么多叫人的昆虫也都留不下脚印

冰层与茧

水到冬天结痂
水一辈子都需要一个岸或者容器
才能真正自立

要成蝶
必须先作茧
要躺下休息，冰必须按倒退键，再回到水

虚妄之词

有一个人在地球之上看着我们
一如有一个人在池塘边看蝌蚪

鱼离不开水，人离不开空气
蝴蝶是昆虫，其实人也是
蚂蚁群居或独处，你说人是不是蚂蚁

物质是虚妄的，秩序是虚妄的
你不能带走的那一部分，就让我保留给世界

2012.9.29

爱人，你若回来

我的忧伤有三万吨
你若回来，爱人
那三万吨忧伤
就是三万朵花的芬芳

我的郁闷有三万吨
爱人，你若回来
那三万吨郁闷
就是三万坛窖藏的幽香

落日长河，人世空旷
太多的眼眸横亘在远方
沧海已被耕种，到处还是饥饿
唯有爱情，还没有把你我逼上绝顶

其实在每一世，你我都只是杯盏
我决定这是我的最后一次轮回
遥望得太苦太久。这一世
唯有你的每一次浅笑，至今可信

2012.9.28

神父

你不是我的学生
你弟弟是
你的哥哥和我自小是同学
他在一所大学教书，称我为堂兄
你是哪一年进的神学院
我记不清了

你父亲离世的那一年
你第一次以一个神父的身份
出现在我的面前
我正考虑是直呼你的名字还是该叫你神父
没想到，你叫了一声哥，是你先开的口

那天你在村里的教堂做弥撒
我一会儿跪，一会儿站
你在祭台上或坐或站
你母亲和我母亲都跪在下面
还有你的伯父——我的父亲
你回家送葬的时候带了十多个神父
那场面很大，村里人都很羡慕
于是村里一个和你同时晋铎
却半道还俗娶了修女为妻的那个人的父亲
从此落了一身的病

后来你去了德国慕尼黑
听你哥哥说你是去继续进修
那天你哥哥打电话说你回来了
还给我带了一部原版《圣经》
那天，天好蓝好蓝。站在渭水之滨
想起那年春节你从德国发给我的短信
和煦的阳光下，我有点儿冷

2012.9.24

爱人，我们去草原

打开背包，穿上那条发白的牛仔裤
爱人，我和你去草原

一路上我们听风唱歌，看季节临摹鸟落
一路上，我们把近来的许多烦心事掏出行囊
一路上你喝我给你自制的矿泉水

放下背包，散开长辫，让它飘逸
爱人，我陪你去草原

一路上我们荡荡悠悠
一路上我们和小草一起歇息在一朵一朵的村庄旁
一路上，我吃你给我亲手烙制的大饼

扔掉那背包，让那一切与担心相关的
都随渭水之鹤北去。爱人，你陪我去草原

到了草原，我们骑马，眺望那山舞绿蛇、原驰绿象
我们吃手抓羊肉，我们住蒙古包
到了晚上，我们和那些外乡人，再点燃一堆篝火

2012.9.20

爱人，我们吹笛

夕阳照会，黄昏莅临
劳累一天了，爱人
我挽着你，我们去渭水之涘
我们一起去，听那岸边的芦苇

黄昏照会，傍晚莅临
都纠结好几天了，爱人
我们不谈这些不开心的细节
我们手拉着手，我们去渭水之沚

傍晚照会，深夜莅临
爱人，倦鸟归巢了
我的巢在你这里，偎依在
渭水之坻，我们吹笛

2012.9.19

白露笺

兄弟，白露了。百鸟
开始储存干果，候鸟准备南飞

我们是留鸟兄弟
我们比阳光更容易被严冬看透
我们并不比一颗石头耐冷
我们叼一些枯枝修复这将倾之巢吧
秋后的世界荒芜，储存些干果

我们不学蝙蝠，亦鸟亦兽
我们死，也要死在家乡
我们天生不是候鸟，我们是留鸟

让他们在故土最寒冷的时候
去别人家春天的筵席上分一杯残羹吧
我们要告诉我们的雏，骨要腐烂在自己的国

2012.9.8

母亲之书

因为你，我才有缘分
行走在这个云卷云舒的部落

你高粱颗粒般的血液，你老屋一样的脸
喂饱着我的脊髓，擦干净着我端详夜月的投影

我抛弃了你一生都割舍不下的那一亩三分地
搁浅在一座叫秦岭的山脚，冷落了一个村庄的远方

你不知道这个世界我和你都是蒙难者
每天黄昏我都会准时为河对岸的你祈祷

我用善良的微光吃力地领悟着与时俱进的春天
我以各种漂泊者的仰望消化着包围我的忧伤

你这一生可能都永远不会明白
我是怎样的爱你和这个民族

我跟随着一个叫中华的大娘，行走在亚洲东方
大路的两旁，小草抖落世尘，太阳一样舒张

2012.9.4

阳光下，我为你写诗

9

天是空的，那些叫白云的女子甩袖
大地沉稳如健壮的耕牛，村庄与市镇温存
盛世里，没有那么多离别，没有那么多痛心
爱人，阳光下，我们不说食物，不说
岛屿和那些旧事，不说台风，爱人
我们不哭，不说那留不下人迹的柏油路

8

太阳下我们不带面具，仍然没人知道我们的来处
我们不必为此感到害怕，也不必为此感到痛苦
遥望着那个叫马家镇的去处
你和孩子们在教室里用汉字编织一个民族的未来
我虽然没有闻到幸福的暗香，但很知足
爱人，太平犬被盛世捕杀，被乱世人钦羡，我们不哭

7

我们都是有背影的人
我们把自己的一切都交付给了盛世，盛世繁荣
驱赶诸多愁忧，许多壮丁投奔梦和酒

我们清扫那歌舞升平里诸多受伤的笛音
你卑微在渭水北岸，我在渭水南岸卑微
盛世的卑微是一种福，爱人，读日出，读斗转星移
我们不哭，我们不读那些即将会成为旧事的太平
让那尊贵的在高处大声呼喊吧
我们留着嗓音，呼唤我们的父母，呼唤我们的亲友
呼唤我们的女儿和那些鲜嫩如胞芽的部落
那些河水正在老去，那些河床正在新生
爱人，许多新卵正在旧巢里受孕

6

我很认真地爱着
你也一样。其实许多人都和我们一样
这有根有据的盛世，在陆地上刷新着村庄
在大海里放牧着岛屿，在大路边铺设着繁荣
在繁荣里成就着掷地有声的海誓山盟
我们也刷新、放牧、铺设和成就吧
你朴素娇羞如打碗花，你把雨水揽在花蕊
我和你同骑一匹马，我们听着那响鼾，出发

天地之间有一座冢，有两只蝴蝶
也有一条河，有两颗星
你是愿意做蝶，还是愿意做星
我无所谓，是和你在冢上飞，还是在岸边等，都可以

5

大地上习惯仰望的那些草，天空中俯视的那些云

那些沙漠，那些石油，那些海水、树和昆虫
都是有尊严的生命。我们本是天地间最自由的
可我们已经习惯了建造堡垒，那些村和城都是
那些误会和术谋也是，还有那些名正言顺的战争

我把我交给你，我们把我们交给盛世
在迎面而来的那一片清平调里
我们痛饮那太平的月光

4

别想那些大得没边的事
水来土掩，兵来将挡。今天的池荷也许明天就被揪
　掐了
但荷永远是荷，一如污泥永远是污泥，罪恶之手
永远是罪恶之手。你说，安心和一座小镇相依为命
你还说你是池水我是岸，你是白云我是那蔚蓝
其实我什么都不是，我只是一棵在盛世里漂泊的树
土质疏松，岩石裸露，我拢不住我的根

3

我无须弄明白黑夜的意义
也无须弄明白，黄昏和傍晚过后，黎明与微光的交谈
要浪费多少光阴我才能够给你世人仰望的钦慕
我知道你不在意，其实我也不在意，女儿也不在意
那些幸福是别人的，不是你的，也不是我的
是他们的。繁星泛着寒光，失路人心中却很温暖
盛世的喧哗指引不了你，也指引不了我的方向

我的方向是海水，你也不是那咸水中的鱼
其实，海是蓝色羊群，你是那牧羊姑娘
永远在我和一群草原男的心里，荡漾

2

喜欢四季吧，爱人。那温暖，那酷热，那秋高气爽
还有那洁白与暗红，都那么棱角分明
同一片蓝天下，我们挥霍着盛世的阳光
内心的疼痛，无关时代，无关纸币，无关瘦竹
无关那爬满虫子的油菜花，无关那涂脂抹粉的霓虹
我们拧开农夫山泉，在免费的公园的滩涂
撑开天堂伞，和那消失的鱼群
互发敲满悄悄话的纸条

1

把善良拿出来，在盛世的太阳底下晒一晒
把真诚拿出来，只要不凋谢，哪怕是扎成纸百合
前生，我们都已遗忘；来生，我们不向往
在今生的居民楼里，我们浇灌爱、责任和担当
秦岭在南边，你在北面的渭河北岸。把你的影子
倒映在渭水里吧，那一河的纯澈，就是我们的新房

爱人，周末校园归来
我驮你去关山
那里有一片草原，盛开着小时候的牛羊与村庄

2012.9.2

信之书

爱，责任与担当
我信。我信天网，我信花开花落
我信歧途，我信死亡

无常，欲，妄作
我信。我信村庄，我信大漠
我信被攻打的城，我信洪荒

乱之乐，盛之忧，季之轮回
我信。我信眼泪，我信仇恨
我信远方，我信播种

我信世间之所诸种
那今生我所经历的爱与阴谋
那欢喜，那愁伤，我都信！

2012.8.26

仰望书

神让我低头看路，我却
习惯仰望。神让我
喂饱了灵魂再回来天堂
我却，让它饥饿

神说，腐烂了，再回来
我抵触坟墓。神说
脱下肉体，腐烂，我
舍不得这么多华丽的衣裳

我不习惯低头。我习惯仰望
习惯被捧，习惯被人群
仰望，习惯了拿行李，习惯了
远方与头衔，不习惯两手空空

神说，孩子啊，记住：低头
看路，腐烂了，才能回来
最重要的，很容易在路上迷失
低头看路啊，孩子

2012.8.28

忏悔书

神给的我白昼，被谁
夺了去，扔还我以黑夜
双眼，进食光明，缘何墨黑

偌大一座山，挂不住一缕斜阳
该把春风藏在哪里，那些
不该发芽的，才会如愿熄灭

腐烂的巨锁高悬，钥匙
被远遁深山。我与你，与他，与一个族
拖着一大堆肉，饥饿难忍

吃新叶，吃根茎，吃好种
吃瘦村庄，吃咸海水
吃那些被唤作青天和唤作骨朵的

没有一个王朝，是为你我
而偷生。忏悔纸，在
舟水之深处，已悄然铺开

2012.8.25

七夕书

帝女，回不了家，种梦在星之河
河上鹊桥冷，郎一年
才温暖一次这憔悴的红唇

岁岁织梦，年年梦冷
帝是天，天无地
年年想郎，岁岁念儿
儿和郎衣衫破旧，无人缝补

那每天都拭不尽的眼泪
是活命的谷，是一生的粮食
那一年一次的热吻
温暖不了这命运之冷

那些开过就凋谢的花朵是有福的
多想像凡人一样地死去
大哭一场之后就结束

2012.8.22

旧事书

流水偷走了落花
那些没有被碾作泥的
与根一起隐姓埋名

朝阳是旧事，嫩芽是旧事
骨朵是旧事，种子和新土也是旧事
新路上的人也旧了

多少人正痛饮。多少耕梦人
在培植新梦。多少笛音
唤不醒肉身，在城乡的额头斑驳成图腾

一切都正在变成旧事，包括
一出生就开始满地铺金的时光
那些曾经是新的国，正在召集旧事命名

2012.8.22

爱人，我们祝福这城

1

爱人，结缘人世。笛音
无法抗拒被染墨。那方莲池在穹顶

从一朵村庄
挣扎到一抹小城
我们不堪负重
已经扔掉了许多内心的真

我们被牵引
我们被呼唤
我们吃掉了瑶池的那朵莲
我们贱卖了莲池的那塘藕

2

爱人，结庐人世。我们
无法抗拒坟墓轻启的微唇

有一种声音微弱在穹顶
我们被一只巨大的瓮围困
从两条命，到一种命运

我们竖起笛子吹奏不出洁净的笛音

我们对人世爱恨交加
我们禁不住诱惑
我们在人世还贪婪地埋下了一粒种子
我们看到了她正在吃力地发芽

3

爱人，遗恨人世。我们
祝福这座东方的城

城外，岛屿放牧着海洋
城里，烟花燃尽

我们把我们
一路丢弃的那些真
找回来。我们
再找回些圣水，洗干净那笛音

2013.9.10

端午节

楚国已成花肥
楚国的大地，遍地花开

有屈原的时候，没有端午节
有端午节的时候，没有了屈原

有楚国的时候，容不下屈原
能容下屈原的时候，没有了楚国

国是案板，人间也是
楚国，屈原，还有我们，都是鱼肉

只有时光
是唯一的刀俎

2012.6.21

爱人，别恨那贼

爱人，别恨那贼
别再骂那偷你钱包的贼
钱包不值钱，钱包里的钱只是
另一种纸，据说能消灾

爱人，别再恨那贼
那贼的确好卑鄙，居然乘你不备
居然让你那么多辛苦白白浪费
居然靠偷过日子，不做人居然做贼

爱人，别再恨那贼
那偷你钱包的贼，肯定是贼之下品
肯定是小毛贼，肯定是所有的贼之中
愚笨的那种。你想想国贼

2012.5.29

尸之髓虫

我以暗黑坟墓之硬骨为生
我是尸之髓虫，我饿
我刨食不到硬骨

我的饥饿孤绝成泪花
我之泪花被坟墓之泥土敲骨吸髓
坟墓里全是烂根，我饿

我饿。我喊：我饿！我在
时光之废墟放声高哭，我的泪花
无坐果之基因。我是坟墓寄生之宿命

暗黑之域，求生之旷野，坟墓之云端
我忍，我蜷缩，我哭绝望之顶泪水绝种
我偷生饥饿之境，我祈祷苟且者无暇疼痛

我是尸之髓虫，我以硬骨为生
无硬骨之髓可食，我刨食梦
梦之圣殿，皆是蛆，皆是腐烂之蠕动

2012.5.18

第三辑

仰望笺

致麋鹿

给你绿草。溪水。
湛蓝湛蓝的天。
给你一片一眼望不到边的密林。
千万个伙伴。

给你一座山，
用莲花做肉身给你再造一个牧童。
等你闲下来的时候
他给你吹笛
微笑
打扫草原
给你一个春天！

2013.9.5

母亲节献诗

姥爷把你用一头驴，驮给了我父亲
你种庄稼，吃庄稼，你喂猪，你吃那猪肉
你一生，认识那么多庄稼和草的名字
却只认识三个字，也不会写

奶奶摁着你把我生在火炕上，你喊来
绵绵土，绵绵土舔舐着我的血和你的血
绵绵土不够用，奶奶就喊来草木灰
我的身上一生都能闻见绵绵土和草木灰

老房子后面的小桃树还没结出桃子的时候
你经常羡慕城里的女人，你鼓励我
去学堂，去学堂扒掉你给我在你的胎盘里
就穿上的乡下人的真皮，你鼓励我
将来一定娶一个城里的女人为妻

母亲，今天是母亲节，你知道不
不知道你有没有想起姥姥，可我想起了你
我们只隔一条河，我们只隔一张纸
母亲，我点燃你孙女用纸给你折叠的康乃馨
不知道，你的鼻子还好使不，能不能闻见那花香

2012.5.13

爱人，我们听那虫鸣

爱人，我们不赶路
人世的路边，鹤在饮美
我们漫步

爱人，我们漫步
我们漫步这林荫道
我们倾听小溪

爱人，我们倾听那虫鸣
我们倾听那泥土里的根语
我们倾听这人世的黄昏

爱人，光
在盛世的尽头脸色煞白
你听见了吗

爱人，我们不急
我们漫步，我们不必在意
傍晚经常悄然铺开的那些风声

2012.5.9

爱人，桃子熟了

爱人，桃树三月着素
花落结实
汉帝看桃核，齐侯问枣花

爱人，桃子熟了
路，已经出发了好久
我们摘桃子去吧

爱人，桃子去不了远方
我们也不能去
我们吃桃子

爱人，桃子容易腐烂成泥土
一如我们将最终归于土
埋下桃胡，让它发芽

爱人，别想那么多了
桃子熟了
我们去摘桃子吧

2012.5.9

爱人，我们燃烧悲伤取暖

爱人，我们一路采集
我们一路荒芜
仅剩的几座塔倒了
我们找不到风铃的尸骨

爱人，我们被梦囚禁在黑夜
白天比黑夜野蛮，入眼
全是悲伤，无边无沿，唯一的女儿
在校园受各种苦，我们无能为力

爱人，你说你冷，你说你怕
你说你饿，其实我也是
我们一起嚼食被诅咒的孤独
你坐在我怀里，我们燃烧悲伤取暖

2012.5.8

来生的誓约

爱人，我们走吧
用净瓶收集世尘疗伤
愈合今生

爱人，我垂目，我
袭一身素，我用卑微的泪
为吐纳世尘的莲叶沐浴

爱人，走吧
前生被强行删除记忆
今生，我陪着你继续雕刻黑夜

爱人，再等我一会儿
等我悉心垂目那将枯未枯的莲叶
等我再回味一次你那暖暖的唇

爱人，记得你说过
来生你做土，那我就
拒绝流浪，做一世的白桦
用脱落的皙白，给前世的你写信

2012.5.7

素锦

生如素锦，
温暖一阵，荒凉一阵。
——题记

1

老头，凌乱的发，车，斜坡
搭把手就过去了
可是，我没有，我怕；
耳畔一直有一个声音在“坚定”自己
一定要学会睁大眼睛却视而不见

2

又过重阳节。
人们加衣服，照旧走路，继续生活
一把手，继续肆无忌惮

春天似乎又在穿着棉衣拟写她明年要说的话
又好像，什么都没准备

生如素锦
温暖一阵，荒凉一阵

3

你把我杀了吧，你们把我杀了吧
我将万分感谢。可惜你
还有你们，不敢杀我，一如我不敢自杀

在渭水两岸，还有那么八九个人
他们希望我活着
他们需要我继续这样苟且着，我不能点亮他们的明天

4

那被风吹掉的树叶
时而翻卷、匍匐，时而静止、沉默
它逃无可逃

能腐烂在哪里呢
一面是褐枯的枝头，一面是裸裂的根

5

奋起？甚好。颓废？那哪行
很多人可以荒唐荒谬，但我不忍心
黑白不分

6

存在的绝不都是合理的

说一切存在的都是合理的
那是自欺，也是犯罪
那是一只紫蝶，在翅膀被剪掉后流下的绿泪

7

一说到人世。我就想哭
请不要鄙视我这个男人会哭
看那陋巷，看那街头，看那旧楼和临时房
那里有和我一样的女人，那里有和我一样的男人
他们和我一样，想着和周遭和平相处，共赴突如其来

8

那些年轻的人
充满了好奇
步子风一样轻盈，把光阴游牧

一些草正在老去
那些掌声不是我的，也终将不是你的

9

恐惧之后。许多情绪被建冢在心底
轮廓清晰
恨不能用笔画、线条或彩色勾画出来

远方。凄迷，且
遥遥无期

10

不能展望，也不能回忆那些已往的旧事
我们每个人其实都有两个房间可以收房租
一间房租给了神，一间房租给了魔鬼

11

收割，收割，享用一切颗粒
播种，播种，把一切沃土敲骨吸髓
需要一个天堂，不需要劳动
或，不需要秩序

用左眼看右眼
那瞳仁的浅黑或微蓝是一种恒久，会吞噬所有的光明

12

忘记那美食，忘记那锦衣
一个人一样的尸体在坟墓里腐烂并飘逸声音：
“我是你的未来”
“最终我们都是黄尘的百姓”

13

这颗星正在被掏空，所有人都以为
别人都是为了自己才来到这颗日益破碎的星的

一次悸动一次幻灭
一次摔倒一次疼痛

看台骚动，表演继续
荷池是舞台，天空又何尝不是

14

最伟大的那个人现在还活着吗？
最伟大的那个思想现在还不需要被证明吗？

一切光明都是在光明死亡之后分娩
善与恶
都需要很多枪杆拥簇自己

15

经此半生，不念尘缘
一次就够了，不想玉成佛仙

那些还没开够的花
就让它们继续开吧

白天一直是那个白天
黑夜也一直重复

16

给我一个广场，让我晾晒那雪

给我一条河
让我为那落瓣送行

曾经，我以为我有那广场
我也有那河床

17

凭什么别人要被我鄙夷
我身边的人其实都应该鄙夷我，我是光阴豆嚼食机
我是贪婪豆储存器，我其实也是孱头作坊

愿赞美和歌颂
一直属于别人

18

世界是一只玻璃茧
我借居星球，静静等待躯壳脱落

有一个瓶子最终会属于我
我一定会在那个瓶子里细胞分裂

19

爱或者被爱
与恨或者被恨
是同一件事

我们都只是在把一些念想
脱皮，磨成粉，并做成了各种形状

20

通过一杯黑夜学会啜饮所有白昼

21

每一个灵魂其实都一无所有
我们也只是在一堆肉里暂住

过去是，现在是
恐怕将来也是

22

这些都不是偈子
也不是箴言
这是真相

我只是一个过往，偶尔擦过你的肩
其实你也是

就如你从未读懂一片叶子，却一直为那棵树流泪

2012.10.23

露珠之书

神光刺醒我们，霜叶继续沉睡
昨夜的北斗，昨夜的微云
昨夜梦中关于一座岛的幸福和疼痛
一如浪花怒放于海，在晨曦降生之前熄灭

我们是露，以珠的形骸蜗居于叶
开始和结束都是神光一瞬间的决定
人世苍茫，我们的视距受限。我们
甚至一直听不懂，自己寄身的这片叶

肉食者蔑视预言。为稻粱谋者
遍地。为衣食谋者，遍地。小大之狱
打湿着泥。我们是露珠，神光照会前路
我们蜷居于霜痕累累的叶，小心翼翼

神光啊，我们只是路过
愿这世间的荣光尽归于你

2012.9.19

与妻书

再看一眼明月，
我就可以睡了。

我的梦在等我，
我怕它独自买醉。

黎明距我还远，
它每天在天边徘徊。

寒潮，
它说来，就来了。

我绝不会，
让你在这个冬天流泪。

2013.11.1

爱人书 · 七月

我因你得到爱情
又因爱情得到婚姻
因婚姻得到诸多酸甜苦辣

我因酸甜苦辣得到坚韧
因坚韧得到远方，又因远方得到北斗

人间飘忽，诸事无常
我因痛得到幸福
又因幸福得到珍惜

绿叶得到春天，种子得到土壤
蛟龙得到深渊，天空得到湛蓝
我就微笑，隐去；我就快乐，吹笛
我就诵经，就敲地球这木鱼

2013.7.4

小满词：白马

那些老树，有许多都被砍伐了
新栽的，跟我一样懵懂

再懵懂也得活命，再懵懂
也得跟着日子
寻觅草原

我必须平静地接受这一切。必须
像那日渐干涸的黄河一样学会等待雨水
必须善待这些行将失散的鸟鸣，必须
善待这些明天就要被集体屠宰的羊群

那些篱笆墙跟我日渐消瘦的青春一样
再也回不来了
所幸那些旷野还在
深井还在

生活在这个没有了距离感的北方
英雄扬鞭和陌生感一样成为了一种传奇
一切都不再新鲜
包括谎言

我必须像我流泪的主人剥洋葱一样

一层一层地剥开这些日渐肥硕的谎言
赈济那些奄奄一息的雁阵和大米

2013.5.3

谷雨词：在校园

在校园，我以黑板的黑为耕田
然后种植五谷
我以黑板的黑为窗玻璃，然后放映远山
一如那位流浪街头的盲人阿炳
我以黑板的黑为二胡
然后弹奏：二泉映月

那比我先生活在这里的麻雀
已在那屋檐下躲过了去年冬天
它梳理它灰褐色的翅羽
就像夏风浣洗：我面对黑板之黑的黑

2013.4.14

我不是一个贪心的人

有一碗面吃就好，有一座茅屋住就好
去那河岸，能看见那条路就好

叼一支烟打发那天地之悠悠的念头就好
等一抹陪着我站在黎明前的晨曦就好

一缕笛音，一声牛哞就好
越冬的平川，草色遥看近却无就好

贫穷的人，有一颗善心就好
说种子下地，说鹊鸣梅梢就好

空虚的时候，听一阵音乐就好
夜晚迷路，看那七颗北斗，云没遮住就好

吃面能有几瓣蒜，渴了能有凉白开
有朋自远方来，或者发一个短信就好

2013.3.17

雨水词：中午

你要的一切在近处
房檐下的麻雀，无须懂得鸿鹄之志
那条渭水一直或干涸或丰盈
顺其自然，就是幸福

你要的一切在近处。爱人的絮叨
一如克莱德曼指下的钢琴。生活其实就是
打开或闭上
那一扇又一扇的门

善良在近处，梦也在近处
这个世界没有远方
所有的远方都是别人的近处
爱在近处，幸福也在近处

世界不会停息，命运涛声依旧
打开窗，放春天进来，不要拒绝那缕鸟鸣
打开窗，放远山进来，不要鄙视
那近处的村庄、街巷、柴垛和叫卖声

2013.2.26

我的爱

我的爱，我要在河蟹横行之后开始沉默
等风起云涌，等雨下如注
等夏雷震天之后
遇见河海晏清，我要你等候

我的爱，我们是百花丛下最卑微的两棵
是万千星辰中，最黯淡的两个
我们陋室尘镜悲白发
我们朝如青丝暮成雪，我要你清醒

任众人摩肩接踵趋之若鹜
我要你在世界开始喧嚣时保持冷静
我的爱，我要你真的能感觉到真诚的温度
我要你在真情陷落时，总能对未来保持相信

神马都是浮云
唯有真善美永存
我的爱，这个世界，人来人往，车水马龙
我要你在乱花迷眼时静默着品那杯咖啡的苦

2013.3.5

爱人，秋天来了

爱人，秋天来了
像是从荷塘月色里，偷偷溜出的小鱼
滑腻而惹人怜惜。
爱人，秋天是你的，大雁和炊烟
都是你的。
爱人啊，若不是远方也镶嵌在这秋天里
我们这些野草一样的汉民，必定悲伤
必定没有方向，
必定不能感受到秋高气爽的欣喜和收获的芬芳。
爱人，秋天来了
不是冬天的寒冷在渐渐向我们逼近
而是昨天那个姹紫嫣红的春天——
在向我们招手，在向我们微笑。

2013.9.9

致爱人

百年之后，肯定有一些人
还像我们一样卑微，卑微如蝼蚁
善恶与悲欢肯定还并存着
一如白昼与夜晚

百年之后，那些彤云和溪水
包括那诸多界碑，肯定都还在
阳光下肯定是走着一群所谓的新人
月影里也肯定流溢着祷祝和诅咒

不过你不用担心将来，一如
你不用担心现在。有哪一颗好种
不是迎着风雨开花结籽？有哪一个时代
没有他们敬仰的英雄，悲壮地存在

时间是一本书，我们只需
虔诚地翻过属于我们的那一页
人生，是一座山
我们只需，圣洁地采集那些雪莲

2013.9.18

清明节手记：世界静好

世界静好，阳光是你我的披风。

1

然后我们就看淡了远方。
看淡了悲伤，看淡了那些痛苦等候在路上。
逝者已逝，未来懵懂，而荷莲在展示新图。
祈愿毫无必要。河流已在转身。加固
内心的城。

初夏的鸟鸣是谁的呢？槐花的素白
在养活谁的胃？我们的血液，来自花红。
我们的骨髓里，有好种、好土和诸多青竹。

2

窝窝头样的坟，不是在寂寞地空。
柴扉状的墓碑，不是在讲述关闭之美。诞生，
不是开始，
而死亡，也不是结束。

我们不必惊异。世界，这盛满纷乱的器具，
这绝望者之地狱，这持韧者的鱼舱。你哭它就哭
你笑它就笑。无非一面镜。

不用拆那来信。

3

一撮茶叶且不可一直饮用。
它会发腻，像极无味的往昔。
暗夜的背后，一定是白昼。中国式善恶，
自然有中国式愤怒。

此时的困惑是充满神秘的沼泽。沼泽地里，
不全是阴谋。一定有一条路在沼泽的深处。
停一停不一定不是好事，一如我们在狂欢之后——
总会有些许悲哭。

4

凋敝和废墟，不是时间的全部。
总有一些枯叶，能听到鲜花和掌声。
可否再安静一些——
听听那，从不自我戕害的树。

蠢蠢欲动的结果，永远是忏悔。
这世界静好，不需要我们妄动。
没有那么多怀才不遇和昆仑雪崩，
如果注定是被抛弃的人，那就独善其身。

5

清明了。出门欢迎晴空。

春天撤退，落瓣安抚流水。
池荷呼唤蛙鸣，颗粒呼唤镰刀，梧桐
呼唤雏凤。

空气中充满了湿润。
想象的灾难，让想象吹散。
这世界静好。
阳光是你我披风。

2013.4.5

惊蛰词：桃花

秦岭山北麻雀飞，桃花绿草河鱼肥
白日洗村庄
百虫苏醒的清晨，细风吹渭水
我静默如花桃
果桃，喜悦，茁壮

我不想成为那树果桃
成为这个世界里
被大口大口地吃着并被赞誉有加的水果
那丛蕙死兰枯后，我打算收敛孤香，沉默

世界病了。我吃药
二两流水，一钱孤舟
我将继续在百脚苏醒之后持韧筋骨

在大风吹着的日子里，煎药喝药
在面朝池荷的房子里，真心爱你

2013.3.5

病中书

这个冬天
茶叶还在我的杯中舒展着
梧桐花却早就凋落了
落在了一条河的两岸

这个冬天
蜡梅依旧在唐诗里怒放着
去年这个时候南飞的大雁
却至今，没能再飞回来

这个冬天，那座山还在
小村还在，门楣上的旧春联还在
小黄狗还在，老火炕还在
母亲，却不在了

这个冬天，锈继续吃铁
我继续孤独在一座山的面前
继续吃圈养的牛羊猪鸡鱼
继续吃粉状的中药，继续吃大棚菜

2014.12.24

致凤凰

你不必如此躲着我
和我的远山
醴泉干涸，梧桐凋零
与我，和我的小镇无关

其实也与深秋无关
与黄河九曲十八弯的黄无关
与昆仑山巅的白无关
与大风来袭无关

凤凰
关中的小镇
寒露来临
渭水东去

我只想做一簇菊
等陶渊明
只想做一池莲
等周敦颐

只想做一处关隘
等李广
只想做一次风波亭
等岳飞

我只想做一支芦笛
等牛背上的牧童
只想做一樽暗夜里的酒杯
等月光下的李白

或者，做一个梦
——等盛唐，或者大汉

2014.10.11

初夏：致爱人

春风去
留下一地花红，安抚绿树
爱人啊你要相信鸟鸣，相信流水

无须惊奇！这世界——
有欢笑肯定就有眼泪。有阳光
肯定就有阴影

爱人啊，请你一定要坚持相信：
为良善包扎伤口，为黑夜
擦亮晴空，为远山
扶正斜阳，为初夏准备好宁静

2014.4.8

教书者（其一）

弱水三千，我只取一瓢饮
一个弱女子，给我做饭，生孩子
我却给不了她手掌大一片大海般的蔚蓝

她是一个教书者
天天天对着一群孩子浅笑
她说，她喜欢的我
不需要挣许多钱，不需要用尊严换取官位
教书只是她的第二职业，她真正想做的
是一朵莲，尘世是污泥
而我是那，莲池的水

一个她那样教书的女子
一个我这样居无定所的男人
在一起，不管有没有豪宅，都注定
是别人眼中的一段孽缘
可这对于我，已足够值得珍惜
我已不痛心前世，亦不遥望来生

2014.2.18

过长安南路

长安南路上店铺林立
有广告牌，有霓虹灯
有车水马龙，有靓男俊女

长安南路上法桐依依
有人行天桥，有电子彩屏
有达官贵人，也有艺丐和暗妓

一切看起来都是新的
包括盛世，包括夜总会
包括购物中心，卜卦者，还有地摊

可谁又能看到那些旧的——
比如十多年前曾在这里读书的我
比如从西汉吹来
曾经抖落过苏武白发上沙尘的风
比如曾经试图温暖杜甫的，唐朝的月

2014.3.18

与母书

母亲，在去天堂拜会你之前
我在尘世的眉坞城还要持韧好久
你走之后
父亲很好，弟弟妹妹很好。还有
上宋村也挺好

现在，我还是那个从不贪心的人
一树雀鸣，一株菊开
照样让我痴迷
一池残荷，一抹衰草
同样让我怜惜

我知道，我绝不可能
给这个世界的每一堆玻璃渣都铺上红地毯
但我可以，穿上你留给我的那双千层底
走过这个世界的每一处荆棘

2015.12.29

若把我丢弃在春天里

若把我丢弃在水里
我愿是鱼

若把我丢弃在大山里
我愿是小溪

若把我丢弃在大漠里
我愿是仙人掌

若把我丢弃在风里
我愿是闪电

若把我丢弃在春天里
我愿是牧笛

2015.12.28

给患糖尿病离世的母亲

我想起你
每当荞麦的香味
在粗瓷大碗里肆无忌惮

我想起你
每当汤药的苦涩
在咽喉与肠胃里构筑新居

我看见你
每当教堂里的钟声
在村西头推开曙光和暮色
每当街巷里挣扎着一位老者
她拄着青竹烘制的拐杖

我听见你
每当唢呐喊来惊雷大雨滂沱

在清冷的墓地中
我常去和守候着你归来的
那两棵侧柏，数那
依次渐亮的遥远的小星

我伴着你
即便你仍然蹒跚在

那通往天堂医院的路上

哦，立春了
桃花梨花杏花
将很快开满那条路的两旁
还有我小时候你常教给我唱的
那首儿歌

2015.2.4

眉城笺

母亲，你走之后的这多半年
大街小巷每一张沟壑纵横的脸
突然间，为什么都变得
那么的温暖？

母亲，你走之后的这二百六十九天
山前屋后每一株在深秋凋零的花
为什么，还要在这个春夏
热烈地盛开？

母亲，你走之后
天上为什么还是那么多颗星星
大地上为什么还是那么多条河流
平原与平原之间，为什么
还是，那么多座山？

母亲，你走之后
你一辈子都没有亲见的大海
对我而言，依旧遥远，同样遥远的
还有牧笛、马群、草原和炊烟

母亲，现在人间是四月
那多年未平地而起的冰雹和雷声

是我对你，对这个国度
无法名状的，思念和眷恋

2015.4.21

墓碑

母亲，你怀胎十月
生下了我

弟弟、妹妹和我
是你弹奏了一生的三弦

你给了我乳汁
我却还你以眼泪

你给了我整个世界
我却还你：一块墓碑

2015.5.29

教书者（其二）

不喜欢跑火车
喜欢炊烟、羊咩
以及七九、八九间河畔的柳笛

要一群学生
笨一点不要紧，但须单纯
课堂，带他们去拜谒苏轼
自习，任他们去叨扰李清照

要一块黑板
尽量比黑夜还黑
在黑上写白的字
在大风里叫醒未来

2015.6.8

我知道

我知道
首善街的冰雪一消融
眉城周边的迎春花
一定会醒

我知道
昌隆路上的东风一吹
太白山下的那片桃林
一定会醒

我知道
黄河一解冻
壶口会醒

我知道
经卷一打开
魂魄会醒

2015.12.29

坐看云起时

坐看云起时
有蒹葭，有鸟鸣——
更有一袭斜阳
依偎远天、草树，和山水

你是牧笛
我是露珠尖的悠扬
我们在懵懂之始，懵懂之末
偶遇。像苦菊与菊蕊

接着继续。晴雨相依
种善在左，善在右
种善在春，在夏在秋在冬
在黑夜也在白昼

你指甲端有黎明
能弹落山鬼与狐狸精
你浅笑里有东风
能叫醒江南也能叫醒塞北

坐看云起时
有蒹葭，有鸟鸣——
更有一袭斜阳
依偎远天、草树，和山水

2016.3.22

世界诗歌日

这一日的清晨
五道巷的樱花开得正盛
所有的春色都从犄角旮旯里挤出来
给大地作证

这一日的中午
首善街的国槐喊来了鸟鸣
所有的山蘑菇都打着民国初期的油纸伞
为远方筑巢

这一日的黄昏
荒原子、木易君和我，还有牟小兵
喝光了一瓶
被囚禁了二十多年的平装烧酒

这一日的子夜
月光继续流浪，大风接着向东
所有刚刚在太平洋南部醒来的珊瑚岛
为西亚和欧洲的难民，招魂

2016.3.21

提灯的人

那个在日升月落的首善街
能嗅出善良腐味的
提灯的人
睁眼，即黑夜；闭眼，即白昼

那个在寒风凛冽的冬日
能听见被大地囚禁的百花呐喊声音的
提灯的男人
被弃，即旋升；被爱，即堕落

一路走来，那个不愿意把花白的发
染得乌黑锃亮假装年轻的
提灯的老男人
热闹，即凋谢；孤独，即怒放

2016.3.11

刷给苏轼的微信

乳燕飞华屋
你曾和一朵石榴花一起
为迟到的秀兰，解围

老子行经处
你曾和一条黄犬一起
害怕惊散了鸳鹭

漏断人初静
你曾和一只孤鸿一起
拣尽寒枝不肯栖

云山乱，晓山青
你又曾和一叶轻舟一起
嘲笑：君臣一梦，今古空名

老兄，咱哥俩，其实一直
都是在童话和寓言里
到处流浪的小人物

竹外桃花已开，咱继续去找惠崇
喝古太酒。连村绿暗晚藏乌
咱继续去渭水之涘，报与采桑姑

2016.3.23

我与四朵花的往事

夏天，我与一朵池莲对视
她读我的独怆然而涕下
我读她的出淤泥而不染

秋天，我与一朵岸菊对视
她读我的一蓑烟雨任平生
我读她的开迟愈见凌霜操

冬天，我与一朵谷雪对视
她读我的把灵魂卸载任其野生
我读她的何妨吟啸且徐行

春天，我与一朵崖桃对视
她读我的日光之下并无新事
我读她的天地玄黄宇宙洪荒

2016.3.16

第四辑

苍茫铭

小妹

小妹，你又担心哥了
虽然你远在泾河以东，渭水以北
可哥依然能嗅到，初夏凋谢以后
你悄悄寄放在繁花额头的烙印

小妹，哥永生都不会忘记，那年你才十一岁
哥去宝鸡上师院，绿皮车都开了
你还哭跑在站台，一边挥手，一边冲出
人的篱笆，向西跑丢了一只鞋

小妹，哥不愿向你讲起，一条河
和戈壁滩仙人掌的，前世今生
也一直不忍心跟你讲清楚
春天和冬天，谁错谁对

小妹，你不用担心哥
这些年，那些最难以下咽的石头
哥都能嚼碎并咽了下去；那些最容易
砸伤人的目光，哥也能颗粒归仓

你问哥为什么只愿向大地低头，你问
哥为什么才如此年纪，却苍凉如水
小妹，别这么考问哥
哥不愿意回答你，那是哥心疼你

照顾好哥的外甥，小妹！别让窗外的树
与路过的风，嫌弃鸟鸣。别让濒危的
火柴梗，拨不亮油灯。别让哥的外甥的天空
丢失了鹰；也别让那鹰，啄食了那七颗北斗

2016.4.25

兄弟（组诗）

兄弟来信

谁神情肃穆，谁执牛刀
谁躲在梅兰竹菊的
身后哭。谁在砧板上失声

谁射落仙女座，谁在孤岛
狰狞。谁正在考虑星际移民
谁丢失三千皮尺，谁撤走瀑布

谁不再擦亮星辰，谁在 QQ
隐身。谁放出机械野兽
谁，在废墟轻舞

谁还在丹青里泼梦，谁还在
放牧苍穹。谁让方块字
患上了癫痫病。谁让毒素注入鸟鸣

还有，兄弟，最重要的
不是我们正身置何方
而是我们，将迁往何处

兄弟归来

三千幽谷被罚没三千密林
三千朵花被流放三千客厅
三千盛夏被判定三千荒芜

三千个姐妹爱上了三千条迷你裙
三千西装革履沉溺三千红唇
兄弟归来，我们松三千条弦收三千张弓

三千位魔法师三千种娱乐
三千处城堡三千潭自朽
三千亩谎言追肥三千亩梦

三千双眼珠三千吨废墟
归来吧！兄弟
三千瓶村寨三千壶紫禁城

三千竿彩旗三千竿竹奔命
三千顷田野三千顷烂根
三千座庙堂三千股冷风

三千簇青年三千丛月光族
三千卷新诗三千册旧钟声
兄弟！归来，别被那三千远方勾引

兄弟谈话

这些腥臭，到底是谁的
我们说这话的时候
暮春，已走远

这些草原，终究能盛满几杯
我们这样想的时候
木屋，已看不见

三两初夏，一钱幽谷
我们不能这样难为药剂师

从南极洲到北冰洋，从公元前到 2013 年
恐龙来过，经卷来过……

那些蓝莹莹的蓝，到底去了哪里
我们这样想的时候
烟花，已涅槃

兄弟煎药

还有一万剂药要吃，才能平复脉象之紊乱
煎药的兄弟一边续火一边气沉丹田
人血馒头风干，失去药性
人参鹿茸不及归隐田园
夏风细迟短滞，密林般的楼群，袖珍广场
驱逐了一万只乳燕，跋涉者欲绝非绝

被勒令展露笑颜，耕牛和牧童筑巢画卷
大地继续平铺，弦脉端直似琴弦
要以草原为药引，方能催发名方药性
而百草，和江枫渔火，被判腰斩
提着药罐和时代同行。而玫瑰和蝙蝠
沆瀣一气，混淆鹿马界限
唯有核弹才能保证洲际安全
鸟鸣罕至的新城，被大棚菜祸乱
那天之湛蓝比库利南钻石还难得一见。惊惧和唏嘘
打破星际纪录，囊括多项金牌
不同肤色都把欲望深井钻探，地球
千疮百孔，各种形式的坑，蔓延
村庄告急，铁兽肆虐，宙斯盾
失眠，世界大旱，谁将喝掉最后一滴眼泪？
还有一万剂药要煎，一万名生病者手忙脚乱，打翻
北斗药罐。吃药何用
若未来没有明天！高烧不退！那就月光二两
陶潜菊一钱，任凭露霜雨雪雹，鼓捣流年

兄弟请告别

兄弟请告别，悲伤和眼泪
盛世繁荣，新生活崛起
广告牌大张旗鼓，笑容可掬

八车道的高速路请叫它草原
喝石油的铁兽请叫它骐骥

兄弟请告别，孤独和忧郁

夜夜有《星光大道》，天天有《超女歌会》
你一定要习惯，满心欢喜

钢筋混凝土的楼群请叫它森林
熙熙攘攘的男女请叫它流水

兄弟请告别，担心和恐惧
防盗门看守的仓库，满是白面和大米
琳琅满目的超市，满是肥鱼

做官上班练摊请叫它为稻粱谋
炒股炒期货请叫它种地

兄弟别哭

兄弟！你何苦用那忧愁下酒
雨雪逃逸的来处，何止有晴空
明天总在黑暗的深处，最黑的黑暗里
一定有黎明

兄弟哦！你何苦为那，未来担心
你滴泪的落英已肥了花土，你怜惜的英雄
已完成了使命

兄弟！你何苦仰望那，只恋钻石的王
你何苦默念那
——罄竹难书的檄文

北斗并非沉睡不醒，总有好种

在等待那好土
总有好土，在等待那流离失所的神

兄弟！涅槃的凤凰，走失的麒麟
还有那被饮干的醴泉，总有一天
会蜂拥而出

人世是药罐，怎能不把河山烹煮
吃药的人，开药的人，各自揉搓着自己的胃
飞船穿越大气层，已告急火星

兄弟别哭！别仇恨那机械猛兽
兄弟别哭！别绝望那水泥森林
兄弟别哭！别洒泪那混淆了四季的大棚

兄弟别哭！曙光不会在人间散尽
兄弟别哭！好种不会在今夜绝种
兄弟别哭！新的消息已照亮了那天际云层

2013.11.21

首善街的国槐

不喜欢首善街的太阳
月亮和星星
它们，都是麻木的

喜欢首善街的国槐。它能在我的内心
展开九百六十万平方公里
展开碧绿和洁白。它能让我想起
唐诗一样的青石板和宋词一样的软玉

关于首善街的国槐
我更喜欢它风雨无阻的沉默
和无怨无悔的坚守
因此，我也知道了，疼与孤独有关
而忧伤，与坚守有关

关于首善街的国槐
我还要补充一群临时雇用的园林工人

他们每隔几年都要把国槐的大枝
逐个，拦腰锯断

面对首善街大枝一个不剩的国槐
我知道了自己痛的来源

2014.6.12

立春词

春天来了，
朋友走了，亲人去了
——题记

1

有几棵细柳
真的知道漂泊者的心事
树从来不会跟着人走
人也不可能长时间坐下来陪树
生命就是这样，眷恋一阵，抛弃一阵

2

又是立春了
我却不能再像过去那样
充满惊喜地去野外踏青草放风筝了

远处的高山，近处的平原
它们从来都只是倾听，它们从不说话

有多少不为人知的秘密
被大风，吹来吹去

3

难道这个世界真的这样残酷
马善被人骑，人善被人欺？

什么时候，那些善良者的眼泪
才能灿若春花？
什么时候，你和我的身边
才能没有那么多虚伪丑恶和尔虞我诈？

4

那些翘首盼春的人们
有的高呼，有的狂喜

其实
春天有什么好
——假如没有希望

5

生命里经过的那些春天还少吗
有几个春天值得珍存在记忆深处

一如一路上遇见的那些人
有几个人
至今还在温暖着你

6

这个世界
我只崇拜死神
只有他
才能让我保持冰清玉洁

7

死神啊，你慢点呼唤我的魂灵
你是我的归宿，但我不是你的囚徒
你是我一生找寻的香格里拉
但我的马头琴不适合弹奏你的音符
你是我的春天，但我却不适合播种你的绿色

8

那些和我一样，疲惫地走在路上的
在春天里种下的那棵树
有一天必成为自己的棺椁

每个人都是这样
最喜欢作茧自缚

9

不要遗憾。所有痕迹注定被岁月洗去
那些最深刻的注定变得浅薄

没有人会从将来走回现在

不要期冀。最好不要
最好一生都能心如止水

10

忘记那些大得没边的事
一个春天接着一个春天
一如一个朝代接着一个朝代

11

活着，拼命地活着，活到自己成为一个传奇
死亡，平静地死亡，平静到自己是一个奇迹
不要相信任何理由，全都是借口
全都是，妄图逃避

用这颗心温暖这个春天
用这一生偿还这一生

12

看着朋友远去，看着亲人远去
不忍心叫亲人和朋友为自己掘墓
像胡杨一样风干在大漠多好
或者风干成一具没有人认识的木乃伊

13

是一棵草多好
随意枯荣

是一方戈壁多好
随意空旷

是一缕笛音，多好
可以随意飘散

14

最亮的那颗星星还在吗
最大的那座山，山巅还有雪莲吗

沧海桑田，这个世界
一切都只是路过
一如现在的这个春天

15

最值得珍视的，都在身边
把目光放在低处吧，不然会摔得很疼

和所有的人和解吧
不然会活得很累

所有的人都在受伤
受伤的不止是你

16

最重要的是忘记自己
或者想着最终都只不过是一抔黄土
再痛都要微笑着痛
不要成为亲友的负累

曾经你以为那些对的事情
总有一天会令你非常惭愧

17

相信美好
坚持善良和持韧
学会感谢

祝福所有你认识和认识你的人
祝福所有你不认识和不认识你的人

18

生命是一盏灯
不是为了照亮自己

生命是一盏灯
也不是为了照亮别人

19

桃花源和断壁残垣虽然是同一件事
但活着和死了
却不是同一件事

死很容易
活着很难

20

一定要钦佩和尊重那些受了那么多磨难
还活着的人

21

每一次爱心
不一定都会生根

但这并不影响
有爱，才有一切

22

这个世界最大的秘密，就是没有秘密
那些制造秘密和佯装保守秘密的人
都是在掩耳盗铃

每个人都有四个茶杯
不只是春天这个茶杯才能泡制蜜茶

把所有的心事都列队在自己手心的掌纹
让它们，都心甘情愿地，成为这个春天的花肥

2013.2.23

爱人

1

从葬礼中走出来，发现我与河岸，一样冰冷
上路的人，聆听完唢呐
开始了隐居生活，我也在路上，我也聆听了那唢呐
可我还得继续漂泊在路上
像极了河岸边的这棵树，等待岁月的砍伐

就要黄昏了，我闻见了傍晚的味道
闻见了子夜的味道。远处的灯火，似乎已急不可耐
哦，亲爱的，那些黑暗又在密谋聚会
我们就在这些黑暗中，呼吸，睡觉

远处传来几声狂吼，不像是驴叫
突然想起，好多年都没有看见驴子了

2

这条路，通向墓地
它一直在召唤我，我一直在抗拒它
它一直和我较劲
我知道，我躲不过它
就是不知道，到时候还有没有这正午的唢呐

路的这边是河，那边是几棵槐树
村庄在左右像极了一朵花
那花正在凋零，呼应着这北风，美丽着那城镇
吐出一些粮食和马匹，运回一些揉皱了的毛票

为了远方，我必须活着
死是一件不必急于求成的事
再说还有未成年的阿昭，还有亲友和你的目光

一想到目光，这个冬天就不冷了
送葬的事情也就只是一场日常的应酬了

3

我准备在这个黄昏，在路那边的河里
为你打捞一条鱼。没有渔网我用手摸
亲爱的，我知道河水冰冷
可再冷，能冷过这河水？

这个冬天，它必须一直冷下去
一直冷到不得不坚硬起来
一直冷到来年春天

鱼不冬眠。我也是
不知道哪条鱼，这个黄昏会厄运降临

亲爱的，摸着了鱼我给你熬汤
你为它祈祷，之后我们一起喝那热汤

4

我知道你一直心疼我超过了心疼那鱼
亲爱的，其实我的确比那鱼幸福，我有房子
它只能一生都流浪在那条河，只能被熬汤或下油锅
还要被刮掉满身的鳞并掏空内脏
想着你疼我我就愧得慌
我拿什么疼你和孩子
拿什么疼父母和兄弟，还有那些亲友和村庄
我除了和你一样的祈祷，还能有什么
对了，还有不能死
必须活着

我突然不想抓鱼了
我回家给你吹笛
你继续织毛衣
12 月 4 日，我这个孱弱的男人
继续躲在小楼里，用笛声说我爱这土地和我爱你
但愿那笛声能穿透这个冬天的冰冷，像阳光洞穿空气

2012.12.4

飞鸿

黄金屋，与蜗牛壳同类
睡去前和醒来后，没有区别
香烛亵渎堂庙，而天空囚禁斜阳

只有一个季节允许我活在南方
那条路遥远，但我必须去
我是飞鸿，哪怕漂泊成孤伤

寒冷是次要的，繁衍是次要的
若不能在自由的地方安静地飞翔
我何须生出这翅膀

食物是次要的，春天也是次要的
若看不见爱、大光和绿色
我何须活着

我留下哀鸣的地方，时间都打扫过

2013.9.16

大寒词：动物一样活着

一直
想活得像个人

为了能够活得跟人一样
很多人，像动物一样活着
有的像鹰，有的像狮子像老虎
有的还像毒蛇或变色龙

很多时候我总是活得像绵羊
兔子一样望着天空
或者周围

2013.1.17

雨水词：林黛玉

我无法拭去你伤口的尘埃
无法给你一个不一样的
春
我只配在雨水
默默聆听你葬花与焚稿的抽泣

我只能看着你一次又一次地哭肿眼睛
并告诉渭水，那一年一度的河鱼
在满是油渍的锅中
是怎样地被煎炒成舌尖上的美味

雨水的下午，在一部书的掌纹
我捧起了一具
觅醴泉而不得的鸳雏

它似乎在暗示我，梧桐枯萎
练实干瘪
是尊严地活着，让它选择了涅槃

2013.3.1

绵羊说

你牧我，我牧时光
时光牧青草

我和你生活在同一片土地
而我和你却分属于不同的世界

你读《圣经》，我也读
《圣经》中你和我的界限并不分明

你安睡，我也是
可我梦见的是河流和远山

你梦见的
是怎样出卖我和剥我的皮

2013.1.17

盲人

盲人在我们看得见的路上敲着并不可笑
可笑的是我们看不见路却从不肯去敲
这个似乎已经习惯了睁着眼睛说瞎话的世界
越繁荣昌盛，越觉得倍感陌生

春天来了又去，从不枯燥
远天亮了又黑，从不空虚
大鱼被更大的鱼吃，从不在水里哭泣
我真的很羡慕，那些盲人看不见路的肮脏

谁的光还在平原和山野温暖那些真相
闻讯赶来的百花将被闻讯赶来的风吹落
不是我一个人在这个季节迷路
也不是我一个人，敲不响地球这木鱼

2013.3.17

顺从的水

很多时候，我只能是一滴
顺从的水。必须与其他的水，保持呼应
比如，他们在沟渠里追腥逐臭，我就只能
被裹挟着，在沟渠狂舞。他们密谋
在昆仑山下，纯澈成湖，我就只能
紧随其后，在空阔的庄严肃穆中
摇曳成天上的云。他们喜欢喊来暴风
我就只能招呼闪电。他们
猫鼠同眠，沆瀣一气，掀起泥石流
我就只能，被鞭笞着，泪花盛开
嚼碎，柴扉和钢筋屋。我只得顺从
不敢掉队。因为，我只是一滴
小小的一滴。我无法澄清自己，除非死去

2016.4.12

英雄

——诗祭救人英雄侯天祥

2016年3月26日下午，陕西省宝鸡市岐山县蔡家坡镇鸡坡村的侯天祥带着妻女，从斜峪关西裆口开车路过，突见裆头水潭两个溺水儿童挣扎。侯天祥迅速停车，连火都没熄，纵身跳入水潭救人。两个孩子得救了，候天祥却失去了年轻的生命，岸边的妻女等回了一具冰冷的躯体。

——题记

一种跃入冷潭的姿势正在熔铸
并署名盛世之光
被救起的懵懂之孩童在春光里浴水重生
正鞭笞桃花

一对老者，头发花白
正等着，儿子笑眯眯回家
两个女儿，年纪尚幼
正哭着喊着，要爸爸

请允许我用旧毛票告慰寡妻
请允许我用新黑纱唤醒大义
请允许我用渗白的纸擦干净黎明
请允许我用祭奠的泪焐热冷漠

一切的骨朵
都终将在热烈地绽放之后
无声熄灭。英雄们的
葬礼，命中注定，都只是一面镜

让我们一边期望一边祷祝
一边幸福一边痛苦
把露珠，供奉在，晨曦的草叶尖上
把良心赶出圈来，任俗世的辽阔，放牧

2016.3.31

杀死我

杀死把蝴蝶的眼睛弄瞎又放飞的我
杀死把青蛙剥皮开膛撒上辣椒面烧烤的我
杀死揪掉秋海棠头颅的我
杀死一勺一勺剜着猴脑吃的我
杀死不敢大声说话的我

杀死掏空了一座又一座山的我
杀死弄脏了一条又一条河的我
杀死把一片又一片森林做成卫生筷子的我
杀死把天空的蔚蓝驱赶去异域流浪的我
杀死每天都踩踏凌辱大地的我

杀死怀疑路边求助者的我
杀死把愤怒阉割成沉默的我
杀死说假话从不脸红的我
杀死把潜规则奉作天主十诫日夜遵行的我
杀死黄昏时分用草蔓戏弄蝼蚁的我

杀死羞辱哲学系毕业生的我
杀死总想拼命存钱的我
杀死吹黑哨的我
杀死靠挖墙脚维持生计的我
杀死让母亲大出血并差一点因难产而死亡的我

2016.3.20

清明雨

清明雨是那暧暧依依的回声
正在隐去的故村是呐喊
我，是山谷

清明雨是那寂寞冰冷的长蛇
墓碑，是伤口
我，是那伤口渗出的血

清明雨是秋风，我是旋转并下沉的
黄叶。清明雨是铁锤
我是那砧板上的铁

清明雨，还是那旧草木煮沸的水
远方或沉默，是那枚茶叶
而我，只是那只茶杯

2016.3.31

李白

当卧室和初夏一起宁静
我和你的一些诗
仰看大河东去

你端着一壶酒站在唐朝深处
你拖着三千丈的白发
听子夜吴歌
你把明月在杨花落尽的时候
寄给了夜郎西的王龙标
你此后一生的每一个夜晚
都惭愧着那一次出门时的仰天大笑

你掷笔泼墨在太白山
冰冷的唐朝没被你
感染
你豪饮三百杯卧松高酣
盛唐的太阳
被你流浪了一生的双脚
踏扁

你海县清一的宏志
一生都未实现
你把一个永远发烧的梦
高高地挂在

全唐诗卷

你的胡须，扎在
唐朝的骨髓里
你把唐朝湿重的心
挖出来，让
从中国经过的风
不停地吹

1993.4.2

远方

每当黄昏
我和世界上高尚的心灵交谈
你总在半间遥远的小镇校园倾听

是的，也只有你
能听得出来
我和我走路的声音

你说你总在工作之余放飞柔情
看着窗外的小树和阳光给我写信
但我依然能从你的信纸上
听到你的泪水打湿月亮之后
小麦失眠般撕心的疼痛

我知道在这个世界上
你是唯一任我随便进出的门
你不必天天为我担心
你瞧，天上的太阳
不也每时每刻
都会晾晒我湿漉漉的灵魂

1995.5.25

寒鸦

我和你一起走过的那深秋
你崛枝而起，时飞时落
我一直走在平地上

你吃草或根茎，吃粮食，也吃肉
我也是，我也不种那些东西
我也不喜欢黑夜喜欢阳光

下雪了，你冷，我也冷
你和我的房子都在高处
只是你的孩子不需要认识那么多字

你想叫就叫，我不能
其实你也飞不出那天空
就像我一直走不到那远方

你自己选树枝，自己建房子
我选风水，买房子
你遭遇狂风或暴雪我遭遇泥石流或地震

我们有许多地方一样也不一样
吃喝拉撒睡一样，长途奔袭一样
死后，你没有坟，我即使火化也要有墓

2012.11.15

捡垃圾的人

别人都在扔
只有你在捡

你捡矿泉水瓶
你捡软硬的纸
你捡碎玻璃和易拉罐

家里的三间大屋是你捡出来的
女儿的大学学费是你捡出来的
更不用说日常的油盐酱醋
和妻子的花衣衫

这年头垃圾真多
许多人习惯了用过即扔
你在大街小巷捡出过许多意外
你经常想起 1958 年

你夏天捡
你秋天捡
你甚至捡出过一个草民的春天

2012.11.29

筑路的父亲

秋夜
我一直抽烟
想着父亲

父亲
这支独撑家庭的竹篙
坚韧而又油亮

熄灭烟，点起烛光
将父亲照亮

在这仲秋子夜
他一定躺在单位的床上
他每天很忙
天一亮就忙在西北的高速公路上

阡陌纵横
中国的大道如网
如网的大道是父亲额纹的故乡
秃顶的头发
都栽在了大道两旁

夜很静
没有了白日的混浊

风很轻
是月亮送来的清爽

我恨我不是时光之神
不能在父亲累得熟睡的时候
让每一分钟都偷偷变长

1995.9.21

海誓山盟

常常一个人坐在小寒深处
像一根点燃的香烟，被时光
叼在嘴里
白昼，准时来去
来和去之间，我常年蜗居于黑
齿渐落，发渐白

她望着我。我望着四季
我们都闭口不提旧事的伤
月亮如一把桃木梳
梳她梳我
也梳江河，和所有的丘山原野

太阳叫醒百花时，春天总堵在门外
你得爱我，怜我
——她说这话时
雪，开花
整个世界一片洁白

无需海誓山盟
一个眼神，就够了，她说，抱紧我
经由那潮湿的墓穴，我们到远方去

2012.12.26

桃花谢了，姑娘

春天如此开明。任凭细柳发疯似的绿
任凭你哭，哭蓝了天空
哭哑了鸟鸣

苦难满世界奔跑。像极了一个野孩子
没爹没娘
把这盛世当作绝佳美酒在饮用

你还在哭。哭凋谢的桃林

桃花谢了，姑娘。从来的路上
请搭乘那悄然而至的钟声

2013.3.13

我和你

我喜欢你，并不意味着
我就要开花给你

我开花给你，并不意味着
我就认领了整个春天

我认领了整个春天，并不意味着
我就憎恶那个寒冬

我憎恶那个寒冬，并不意味着
我就要学会诅咒

我学会诅咒，并不意味着
我就放弃了歌唱

我唱歌给这个世界
包括歌唱这个世界所有的残缺

也并不意味着
我就皈依了偷生或苟且

2016.6.8

擦玻璃

阳光擦去露珠
傍晚擦去黄昏
密云擦去北斗
我，擦玻璃

夏风擦去春花
冬藏擦去秋收
猎人擦去兽夹上的血
我，擦玻璃

民国擦去大清
朱元璋擦去铁木真
秦桧擦去岳飞
我，擦玻璃

人世
就是一片旧玻璃
一切都是
这玻璃上的尘埃

我，擦玻璃
一如今生擦不干净
前世。现在
擦不干净，未来

2016.6.5

父亲一辈子都在等世风好转

父亲一辈子
都在等世风好转

他在村里读村小时等
他在村里成立合作社时等

他在村里当会计时等
他在省公路局当司机时等

他在自己结婚时等
他在兄弟四人分家时等

他在倒车压死了一个人时等
他在背妻弟在长安看病时等

他在按劳分配全家没粮吃时等
他在人民公社改成了乡镇时等

他在包产到户时等
他在第三次盖房子时等

他在两个儿子结婚时等
他当领导时等

他在小儿子第二次出人命时等
他在女儿出嫁时等

他在祖母九十八岁高龄打不进点滴时等
他退休后等

他在母亲患糖尿病离世时等
他在教堂的跪椅前等

他在圣山的石阶休息处等
他甚至办了护照出国去以色列等

2016.6.13

乌鸦煎药

幽谷二两
解暑，化湿，理气和胃

蛙声二十五克
专治胸脘闷胀、恶心呕吐

星光三钱
止渴，明目

苍凉一千克煮沸
可做煎药之水

2016.6.20

每一滴泪都是一把好土

每一滴泪都是一把好土
每一声叹息都是一把好刀

每一片阳光被踩都不喊疼
每一粒尘埃遇见大风都孤身飘荡

每一块石头被敲碎都选择沉默
每一面墙被楔入钉子都不流血

每一口钟都被吊起来严刑拷打
每一条鱼都潜藏于水不动声色

每一段历史都被叠成纸帆船
每一位过往之英雄都是落水之人

2016.6.25

我只能这样自我救赎

把鸟鸣读作家母岳母
把鹅卵石读作家父岳父

把风雨读作堂兄堂妹
把雷电读作内亲外亲

把渭水读作缝衣针
把秦岭读作轩辕犁

把寂寞读作灯火
把隐忧读作爱妻

把祖父外祖父读作血泪
把祖母外祖母读作汗味

把女儿读作孤独的海岛
把街道上的人读成黄河鲤鱼

2016.6.28

养育

起初你养育哭声
然后你养育仇恨
最后你养育刀刃

现在
你只养育宽宥
还有，沉默

2016.7.2

哥坐着破旧的纸帆船

哥从天空走过
不带走一声鸟鸣

哥穿行荒凉如水的大漠
不拜会任何一株仙人掌

哥走的不是路
是愤懑和眼泪

哥抽的不是烟
是孤独和怒火

哥私语的不是上帝和佛陀
是凄凉和真相

哥坐着破旧的纸帆船
浩荡在谵妄的小人国

2016.7.3

这些年

这些年，我一直徘徊在
首善街和昌隆路之间

回家，去单位
吃饭，失眠

偶尔也去渭水南岸
看石头说话

看蚂蚁打架
看风吹过中国

这些年，我不再
视孤独为洪水猛兽

我不再视寂寞
为告老还乡的镰刀

我把沉默，和打碎了
咽进肚子里的牙

当法身寺
和圣彼得大教堂

2016.7.5

信与不信

本来一直是信的，撞墙以后就不信了
比如真理

本来一直是不信的，撞墙以后也就信了
比如上帝

早岁也是不信会有指鹿为马的活剧上演的
中年以后就信了

起初也信某些国家级的信誓旦旦
中年以后，也就不信了

2016.6.16

我是仇人走失的一柄弯刀

我是土陶走失的一粒尘埃
我是天空走失的一微米笙歌

我是夏季的冰
走失着一座山的钙

我是寒冬的火
走失着一千条沟的虎啸

我是鸟鸣一滴
走失着枝杈的巢

我是河鱼一枚
走失着奔涌的家国

我是亲人走失的一朵青丝
我是仇人走失的一柄弯刀

2016.7.9

在山顶

在山顶，我捶打浪子之心，我暴晒海誓山盟
身影即骐骥
山风即披风

在山顶，我呼唤大雨滂沱，我吁请电闪雷鸣
绝壁，挂出瀑布
清唱高山流水

在山顶
我弹落斜阳，我召来群星
我叫醒篝火

在山顶，我大哭，亦大笑
我交出弓箭
我折断腰刀
我扯起天幕
我放映狼嚎

在山顶，那些可知的、不可知的、大的、小的
凄厉或不凄厉的光
与我鬼混
与我密谋
与我结交

在山顶，我卑微而浩渺，我寂寞而空阔

2016.7.27

眉坞城语滴

1

世界，如果安静
眉坞城，就温驯
世界，如果荡漾
眉坞城，就摇晃

2

眉坞城是座监狱
眉坞城也是一个自由广场

3

如果大路是天空
我在昌隆路的行走，便是飞翔
如果每一所房子都是一只眼睛
我出去打工，便是流泪

4

我吃地一生
地吃我一口

5

猎枪都被收走了，眉坞城及其周边
再也没有猎人这种职业了

6

围坐在眉坞城周遭的那些村庄
像极了被眉坞城遗弃的情人

7

秦岭一直在眉坞城外站着
像极了那位
一直在等待着被随时传唤的污点证人

8

我不是囚徒
但却经常被狱卒侮辱

9

和孤独一起，逃生去吧

2016.7.8

山寺

亲近山
远离山寺

那遗世绝立的崖壁
就是寺碑

那叫醒山槐香的鸟鸣
就是免费的钟声

如果你能弯下腰去
再在那山潭里洗把脸

你肯定还会遇见一尊佛
就微笑在那青山绿水里

2016.5

上帝说（组诗）

遇见上帝

我塑你，也毁你
我敬你，也恨你

我给你下跪
也把你踩在脚下

我是人的时候
你是神

我是神的时候
你什么也不是

你造了我
可你也造了疯狂

你造人
我造神

你寂寞的时候造人
我疯狂的时候造神

上帝说

哦，你所说的那个地方，
我看见过：

我身睡卧，
我心却醒。

祸哉！那些称恶为善、称善为恶，
以暗为光、以光为暗的人。

祸哉！那些自以为有智慧，
自看为通达的人。

你要为你所亲爱的唱歌，
是你所爱者的歌，论她葡萄园的事。

我坐在审判的位上，
以眼目驱散诸恶。

杀戮有时，医治有时；
撕裂有时，缝补有时。

哦。我去过，
你所说的那个地方：

见行正直事的离开圣地，
在城中被人遗忘。

上帝流泪

上帝流泪
一滴，便是青海湖

上帝流泪
一滴，便是撒哈拉

上帝流泪
一滴，便是五大连池

上帝流泪
一滴，便是巴西雨林

上帝流泪
一滴，便是东北平原

上帝流泪
一滴，便是前世今身

上帝洞藏在微尘里

苍蝇眼中所见
乃蜜蜂眼中所不见

时光是最公正的秤砣
不偏不倚

孤独眼中之所见
乃喧嚣眼中之所不见

大风点亮了骤雨
可也吹灭了渔烟

幸福眼中所见
乃痛苦眼中之所不见

黑暗其实是最可怜的孩子
光亮也是

相聚眼中之所见
乃离散眼中所不见

每一滴湖水中
都耕种着鱼的眼泪

每一粒微尘中
都洞藏着一个上帝

与上帝闲聊

娘死了之后
我什么都不怕了

不怕有人在我耳边絮絮叨叨了
不怕我该回家时回不了家了

不怕去坟地了
不怕死了要被烧成灰了

不怕有人要用孝字逼我了
不怕有人再劝我该要个儿子了

不怕不认识去天堂的路了
不怕有人说咱天庭没人了

与上帝喝茶

王在人间哭泣
天上看不见眼泪

百花被春天鞭打
至今听不见喊疼

风说走就走了
虽然谈不上旅行

上帝邀我喝茶
人间竟然起风

上帝挠我

上帝小憩了
我就打盹

上帝却用三皇五帝挠我

用夏商周挠我

用唐诗和宋词挠我
用大明和大清挠我

我继续
装睡

上帝又用春秋战国，挠我
用三国和五代十国挠我

用忽必烈的铁骑挠我
用鸦片战争的枪炮，挠我

我打了个哈欠
继续假寐

上帝就用民国挠我
用长征和核弹挠我

用人民公社、“大跃进”挠我
用“文革”、改革开放挠我

我又翻了个身
假装拍打了几下蚊蝇蜾蠃

他就又用海湾战争，挠我
用钓鱼岛、南海，挠我

用导弹防御系统挠我。用非洲黑人
欧洲难民，甚至是股票指数，挠我

2016.5

傻丫头来信

爸，你还记得
我小时候的一些样子吗
你在地上种满了烟头
我却一一，踩死了它们

有一次你和妈妈
为家里
没有了钱花犯愁
我却告诉你们
——去银行去取呀

我还大哭着
不愿意去学弹钢琴
画油画，跳探戈或者芭蕾
我只想跟着姑姑
学，给姑父织毛衣

我也违背了你，没去
学跆拳道
我记着我当时是跺着脚告诉你的：
我将来一定会跟妈妈一样
有一个丈夫
他也一定
会跟你保护妈妈一样

保护我的

我想起奶奶的时候
我就让闺蜜给我扎那麻花辫
它有咱家后院
爷爷亲手种植的
辣椒和西红柿的味道
有老家的味道

我不想成为王昭君
武则天、秋瑾
撒切尔夫人、居里夫人
加夫列拉 · 米斯特拉尔
或者草原小姐妹

我只喜欢
坐在电视机前
一边给你们摘奶油味草莓的绿蒂
一边，给她们点赞
或者鼓掌

我想一辈子就这样傻下去
做你的
这个全世界最傻最淘气的丫头
你抽烟，我给你拿打火机
我做饭，妈妈给我剥蒜、择韭菜
你不会怪我吧

2016.5.22

让诗为我们留下今生的证词

◎ 白麟

《诗经》源头、《周礼》风雅——我想这句话或许最能表达一个本土写作者对宝鸡这片沃土的敬意和感激！

《诗》云：“周原朊朊，堇荼如饴。”是啊，宝鸡是周秦文化的发祥地，素有炎帝故里、青铜之乡、东方佛都、文明之邦的美誉。七千年前的北首岭遗址，让我们回望先人的原始简朴；三千年前的木铎之声，又帮我们吟唱那浸满民间烟火的古风谣曲；而八十年前陇海铁路的一溜汽笛，则拉开了这座城池现代工业的序幕；当年古丝路西行的第一大驿站，如今又变成“一带一路”的重要节点……

毋庸置疑，这块皇天后土是哺育华夏文明的摇篮，是生长史诗的圣地。《诗经》《周易》《周礼》等中华传统经典均诞生于此；这里出土的“中华第一古物”石鼓文是我国最早的石刻文字，也是现存“原汁原味”最古老的诗歌；扶风才女苏蕙（苏若兰）的织锦回文诗《璇玑图》，竟令女皇武则天为之作序称叹；苏轼初仕凤翔，任上有二百多篇（首）作品问世，留给这方热土的赞美诗就有三十二首；陆游在宝鸡大散关抗金九年，留下“铁马秋风大散关”的千古绝唱。更别说汉时曹操、班固、刘彻、曹植，唐有杜甫、李白、王勃、岑参、韩愈、李商隐、白居易、卢照邻、皮日休、高适、王之涣……多少过境或流寓至此的文人雅士吟诗歌赋，不胜枚举，宝鸡也因之被誉为“唐诗的西海岸”！

值得一提的是，自中国新诗诞生以来，这块热土依然偏爱文人骚客的雪泥鸿爪，茅盾、老舍、梁实秋、王亚平、索开等人的串串足印，仿若渭河上曾经的点点白帆……名噪一时的抗战诗人侯唯动是本土诗人的代表，其代表作《斗争就有胜利》等在中国诗坛上产生过广泛影响；“文化大革命”后期“七月派”诗人胡征、老八路诗人魏钢焰等诗家也曾流放这里，再次点燃宝鸡诗歌的火种。新时期以来古陈仓诗潮奔流，已然成为西部诗歌的急先锋，被新边塞诗人杨牧誉为陕西的“石河子”（诗城），在西部诗坛享有独特的地位和荣誉。

薪火相传，文脉接承。《诗经》是中国第一部诗歌总集，代表了古诗吟唱时代的群言；而1984年面世的“长安诗家”（一套十本，陕西诗人）、1985年推出的“中国当代青年诗人丛书”（一套十本，全国诗人）、1986年编印的“秦岭诗丛”（一套十本，宝鸡诗人），这些当年在中国诗坛引发强烈反响的民间诗丛，其实都是从“诗歌窑工”渭水、商子秦等主烧的“宝鸡窑”出炉的，尽管是内部出版，却预示着中国新诗的一次解放，是改革开放后自上而下中国新诗发出的群言；这次我们编辑的《阵地诗丛》囊括十一本个人诗集，也可说是吹响了新世纪宝鸡新诗界的群言。它不仅暗合着这座诗城的使命和延续，似乎也有了某种契合与意味。

十一部诗集的作者从50后到80后，年龄跨度超过30年，可见宝鸡诗歌创作并没有青黄不接。其中50后的陈沠宝刀未老，他的《清唱》激情燃烧；60后占半壁江山，范宗科的《秋天最末的忧郁》、武岐省的《行吟》、荒原子的《时光书》、牟小兵的《文字长成山川》、白麟的《在梦里飞翔》。他们稳扎稳打、厚积薄发，其中三位作者都是写作几十年了才第一次出版自己的诗集，敝帚自珍可想而知；70后秦舟的《关中吟》、柏相的《早安，首善街》、魏娜的《低语》、王金辉的《岁月顾自流淌》，他们属于实力派，状态可嘉；80后庄波的《一只在城里奔跑的小蚂蚁》，则让我们看到了希望。当然，我们期待会有更多的80后、90后、00后如雨后春笋脱颖而出，为这座诗城再添活力、再展锦绣！

之所以叫《阵地诗丛》,缘于2000年我和青年诗人马召平、秦舟发起创办的《阵地诗报》。这份诗报后由延安时期老诗人贺敬之题写报名，十五年来已出版三十期，在全国民间诗报诗刊中占有一席之地。这次由宁夏人民出版社出版的《阵地诗丛》，得感谢西部著名女诗人唐晴的成全，当然也感谢信任我而响应加盟的各位诗友，他们是当下宝鸡本土的中青年优秀诗人的代表。

今年是中国新诗诞生一百周年，我们有意在这个年份集结出征、坚守“阵地”，也是想对本土新诗创作来一次提振和展示，也是对《诗经》之乡和新诗百年最好的纪念与礼赞。

百年沧桑，世事皆空。光阴兵不血刃地湮灭了一茬又一茬人，而秦岭、渭河依然生死相依、山高水长，白云苍狗依旧我行我素、变化无常！一个渺小的人如何让自己的呼吸尽可能地长存于世，让后人看到自己的人生心迹？我想对文人而言，最实在的莫过于留下诗文了。人到中年，明知上天给予的时光不是太多，用诗歌的方式镌刻生命的轨迹，给自己留下到今生今世“来游来歌”的证词,又何尝不是一种欣慰呢！仅此，我亦感动不已。

从“文化大革命”结束的1976年算起,到今年整整四十年了。四十年来,无论新诗如何纵横流变,诗人如何才华四溢,但亲情、乡情、爱情、友情这些真情最终化作一簿簿诗情，怎不教人热泪盈眶！

此刻，一抬头就能看见秦岭的山影似波浪踊跃，渭水的波浪又似春秋大笔描画着人间的梦境……而这些，不正是我们依然爱着写作的诗人们要寻找的跳跃和胸襟吗？

2016年8月25日